Kaufen! statt Lesen!

D1925869

Kaufen! statt Lesen!

Literaturkritik in der Krise?

Im Auftrag der
Deutschen Literaturkonferenz
herausgegeben von
Gunther Nickel

WALLSTEIN VERLAG

Gunther Nickel

Krise der Literaturkritik

Historische Dimensionen eines aktuellen Themas

Im April 2002 hat Daniel Kehlmann, einer der vielversprechenden jungen Autoren im deutschsprachigen Raum, die gegenwärtige Literaturkritik scharf kritisiert. Sie falle, erklärte er in einem später auch gedruckten Vortrag, hinter den Stand zurück, der schon zur Zeit Lessings erreicht gewesen sei. Wörtlich sagte er: »Dieselben, die vor ein paar Jahren mit Adornozitaten nach jedem einer Geschichte ähnlichen Absatz schleuderten, überschlagen sich heute vor Begeisterung über die einfachsten realistischen Schilderungen aus dem Alltagsleben und wollen ebensowenig von ihren Artikeln von gestern wissen, wie sie morgen von ihren Artikeln von heute wissen werden. Die deutsche Kritik ist dorthin zurückgekehrt, wo sie vor Lessing war: in die vollständige Beliebigkeit eines Geredes, das allenfalls Einfluß, aber keine Bedeutung hat, wenn es in zufälligen Konjunkturströmungen abwechselnd eine Avantgarde verteidigt, die es nicht versteht, und eine Tradition, die es nicht kennt.«

Sieht man davon ab, daß die Literaturkritik vor Lessing kein beliebiges Gerede, sondern eine normative Regelpoetik war, ist Kehlmanns polemisch zugespitzte Analyse grosso modo leider zutreffend. Ich werde im folgenden – erstens – versuchen, Ursachen für diese Entwicklung zu benennen, und dann – zweitens – historisch etwas ausgreifen, um zu begründen, warum Kehlmanns Invektive zwar eine verständliche Reaktion eines Autors darstellt, er aber letztlich doch eines verkennt: Eine immanente Kritik an der Literaturkritik greift angesichts der Existenzgefährdung der Kritik als Institution zu kurz.

Ende der 1950er Jahre war es eine neue Generation von Literaturvermittlern – Lektoren, Dramaturgen, Kulturwissenschaftler und Redakteure –, die eine Akademisierung und erneute Politisierung des kulturellen Lebens auf allen Gebieten durchsetzten – in den Verlagen, den Theatern und in den Kulturredaktionen der Medien. In einem Land, dessen Bevölkerung nach dem Zweiten Weltkrieg mehrheitlich über das Ende eines durch und durch ideologisierten Kulturbetriebs froh war, wurde – wie man es nun nannte – »gesellschaftliche Relevanz« zu einem der wichtigsten Kriterien für die Qualität von Literatur. Schriftstellerinnen und Schriftsteller, die bis dahin zu den führenden Repräsentanten des literarischen Lebens gehört hatten, galten plötzlich als zweitklassig, wenn nicht gar indiskutabel. Daß dabei auch einige Autoren, denen enthusiastische Leser auch heute noch etwas abgewinnen können – etwa Horst Lange, Ernst Penzoldt, Edzard Schaper oder Alexander Lernet-Holenia –, auf der Strecke blieben, mögen manche als unvermeidliche literaturhistorische »Kollateralschäden« eines damals dringend notwendigen gesellschaftlichen Erneuerungsprozesses bewerten. Doch froh stimmen solche Begleiterscheinungen nicht. Schließlich sollte Literaturgeschichte kein Krieg sein, und selbst im Krieg ist man über unschuldige Opfer nicht glücklich.

Wie Daniel Kehlmann zu Recht festgestellt hat, waren es zum Teil dieselben Literaturvermittler, die in den 1960er und 1970er Jahren das Primat einer »engagierten Literatur« vertreten und für eine Revision des Kanons gesorgt hatten und von denen in den 1980er Jahren auf der Basis eines nicht immer reflektierten Avantgardebegriffs jede Form des Realismus abgelehnt worden war, die in den 1990er Jahren die Wiederkehr des Erzählens auf einmal ganz und gar unwiderstehlich fanden. Wer nach den Gründen solchen Wandels literaturkritischer Prämissen sucht, stößt sehr schnell auf das nicht immer ganz leicht zu fassende Moment des Zeitgeschmacks, der meist wesentlich durch außerliterarische Einflüsse geprägt wird. So war auch die bereits in den 1950er Jahren einsetzende allmähliche Politisierung der Literaturkritik nicht Folge ästhetischer Überlegungen, sondern Ausdruck eines Generationenkonflikts, der auch den literarischen Bewegungen des Sturm und Drang und des Expressionismus zugrunde gelegen hat. Diesmal entzündete er sich an der Rolle der Elterngeneration in der NS-Zeit, weshalb man sich literaturhistorisch auf die Suche nach vorbildhaften Großeltern machte. Mit, wie es Peter Sloterdijk in seiner »Kritik der zynischen Vernunft« sarkastisch formuliert hat, »linkem Historismus« erkundete man das literarische Feld der Weimarer Republik und entdeckte etwa Heinrich Mann, Lion Feuchtwanger und Stefan Zweig wieder, aber auch den Expressionismus, der von Mitte der 1950er Jahre an noch ein zweites Mal im 20. Jahrhundert eine Dekade lang die literarisch Interessierten einer Protestgeneration beschäftigte. Diese sah sich durch die Entwicklung nach den Studentenunruhen um 1968 und der kurzen Phase, in der der Literatur – zum Beispiel von Hans Magnus Enzensberger – der Tod bescheinigt wurde, zum allmählichen Rückzug in einen ästhetischen Elfenbeinturm als einem Hort des kritischen Bewußtseins veranlaßt und verschrieb sich vorzugsweise Texten, denen man eine Anbiederung an den Markt gewiß nicht zum Vorwurf machen kann, genausowenig wie den dekonstruktiven Analysen, die zur selben Zeit zum *dernier cri* der Literaturwissenschaft wurden. In den 1990er Jahren merkte man offenbar, daß das Leben in einem literarischen Elfenbeinturm auf die Dauer einsam macht und Teilhabe an der Welt ja doch ganz angenehm sein kann. Die Wiedergewinnung einer ungeteilten deutschen Staatlichkeit löste sie zwar nicht unmittelbar aus, war aber wohl eine der Voraussetzungen für eine Kehrtwende um 180 Grad. Jedenfalls hörte man manche, die gerade noch die Fahne der Avantgarde geschwenkt hatten, plötzlich dem realistischen Roman zujubeln. Selbst anhand der Kritiken des allseits und zu Recht geschätzten Reinhard Baumgart läßt sich diese Entwicklung ablesen. Was allerdings kaum einer gemerkt hat: Man war damit praktisch zu Georg Lukács zurückgekehrt, dessen ästhetische Maximen in einer »Light«-Version mit Marcel Reich-Ranicki ihren wirkungsvollsten Popularisator fanden.

Angesichts dieses modischen Wechsels literaturkritischer Maßstäbe erscheint der Hinweis von Daniel Kehlmann auf Lessing tatsächlich dringend geboten. Wie heißt es doch in der »Hamburgischen Dramaturgie«: »Der wahre Kunstrichter folgert keine Regeln aus seinem Geschmacke, sondern hat seinen Geschmack nach den Regeln gebildet, welche die Natur der Sache erfordert.« Mit dieser Mahnung, die »Natur der Sache« in den Mittelpunkt zu stellen, formulierte Lessing allerdings kein liberales Credo um seiner selbst willen. Auch er war – mit Walter Benjamin gesprochen – ein »Stratege im Literaturkampf« und befand sich dabei in einer doppelten Frontstellung: erstens und vor allem gegen die Regelpoetik des französischen Klassizismus, die in Deutschland ihren bekanntesten Promotor in Johann Christoph Gottsched hatte. Die zweite Frontstellung wird meist wenig beachtet, ist aber nicht minder bedeutsam, weil sie erkennen läßt, daß Lessings Konzeption auch nicht völlig frei von normativen Grundsätzen war. Ich meine die gegen die Genieästhetik des Sturm und Drang. Ein Genie, so wandte Lessing gegen sie ein, mache zwar manche, aber nicht jede Regel zunichte.

Eine Auseinandersetzung mit dem Zeitgeist ist wohl das Kennzeichen aller Debatten und Kontroversen um literarische Kriterien, und zwar deshalb, weil sich die Gesellschaft in einem permanenten, in seiner Richtung nicht vorhersagbaren Wandel befindet, auf den Schriftsteller wie Kritiker produktiv reagieren. Wäre es anders, bräuchten wir uns über Gegenwartsliteratur und die Maßstäbe ihrer Kritik wohl keine Gedanken mehr zu machen. Sie wären angesichts der Fülle der historisch tradierten Texte überflüssig.

Vergleicht man die konkreten Bedingungen des Literaturbetriebs zwischen 1750 und 1800 mit denen von heute, wird die historische Bedingtheit der Lessingschen Prämissen und ihre daher allenfalls eingeschränkte Übertragbarkeit auf gegenwärtige Verhältnisse erst recht offenkundig. Ich möchte die wichtigsten Unterschiede knapp umreißen. Eine professionelle Literaturkritik, auf die die eingangs zitierte Invektive Daniel Kehlmanns gemünzt war, hat sich erst im Verlauf des 19. Jahrhunderts herausgebildet. Die literarischen Debatten wurden davor noch in erster Linie unter Schriftstellern selbst ausgetragen. Erst die expansive Entwicklung der Zeitungs- und Zeitschriftenkultur, die einen grundlegenden Strukturwandel der Öffentlichkeit begleitete, führte zu einer Professionalisierung des Kritikerberufs und zur Entwicklung neuer literarisch-publizistischer Textformen. Voraussetzung dafür war unter anderem, daß gesellschaftlich breitere Schichten als je zuvor sich für Literatur zu interessieren begannen. Was im 18. und frühen 19. Jahrhundert dem Bürgertum und dem aufgeklärten Adel zur Selbstverständigung (und als Distinktionsmittel) diente, eignete sich nun auch das aufstrebende Proletariat an. Nur deshalb konnten sich Verleger wie Wilhelm Friedrich und, nach ihm, Samuel Fischer mit Programmen auf dem Markt behaupten, die erstmals ausschließlich aus dem bestanden, was man als »schöne Literatur« bezeichnet. Auch Reclam hat mit seiner Universal-Bibliothek den Buchmarkt nicht nur revolutionieren können, weil ihm nach dem Ende des Klassikerprivilegs lizenzfrei alle wichtigen literarischen Titel des Cotta Verlags nachzudrucken erlaubt war, sondern vor allem deshalb, weil diese preiswerten Nachdrucke auch auf ein großes, bildungshungriges Publikum stießen.

Die Entstehung des Kritikerberufs ist darüber hinaus eine Folge der zunehmenden Ausdifferenzierung von Wissensbereichen. Sie führte unter anderem zur Entstehung immer neuer akademischer Disziplinen. Konnte man als Studienanfänger zu Beginn des 19. Jahrhunderts nur zwischen Jura, Medizin und Theologie wählen, gab es an dessen Ende bereits Fächer wie Germanistik und Soziologie. Professionalisierte Literaturkritik befriedigte zugleich ein Kompensationsbedürfnis, denn das wachsende Spezialwissen und die damit einhergehende Unübersichtlichkeit ließen das Bedürfnis nach Vermittlern wachsen, die mindestens das besitzen, was der Philosoph Odo Marquard in einem anderen Zusammenhang so schön als Inkompetenzkompensationskompetenz bezeichnet hat.

Der neue Typus des professionellen Kritikers hatte – bevor es Sendungen wie »Das literarische Quartett« oder »Lesen!« gab – die höchste öffentliche Aufmerksamkeit in den jeweils dreißig Jahren vor und nach 1900. Das beweisen das vielfältige Räsonnement über seine Rolle im Kulturleben, das 1906 sogar zur Gründung einer zwei Jahre lang erschienenen Zeitschrift mit dem Titel »Kritik der Kritik« geführt hat, aber auch die immense Zahl an oft hochaufgeregten Debatten, in denen damals das Ethos des Journalisten im Zentrum stand. Paul Schlenther, die Brüder Heinrich und Julius Hart, Maximilian Harden, Hermann Bahr, Alfred Kerr, Siegfried Jacobsohn, Julius Bab, Alfred Polgar, Kurt Tucholsky und Karl Kraus verdanken wir dazu zahlreiche einschlägige Beiträge.

Neben sozial- und institutionengeschichtlichen Gründen ist es vor allem die stärkere Medienkonkurrenz zunächst zum Stummfilm, dann zum Tonfilm sowie zum Hörfunk und schließlich zum Fernsehen, die das Feld literarischer Produktion und Rezeption nochmals radikal verändert hat. »Ein Filmsehender liest Erzählungen anders«, konstatierte Bertolt Brecht 1931 im »Dreigroschenprozeß« und zog daraus Konsequenzen für sein Schreiben wie für sein Verständnis von Autorschaft, Konsequenzen, denen bis auf Walter Benjamin und Herbert Ihering kein Kritiker der Weimarer Republik zu folgen vermochte. Letztlich handelte es sich jedoch bei der Opposition gegen Brecht um den kulturkonservativen Widerstand einer gattungspoetisch operierenden Kritik, die Goethe und Schiller mit ihrem Aufsatz »Über epische und dramatische Dichtung« begründet hatten und die von Gustav Freytag in seiner »Technik des Dramas« in faßliche Regeln für Theaterautoren übersetzt worden war. Dieser Widerstand scheiterte schließlich, ohne daß Brecht mit seinem Literaturverständnis als Sieger daraus hervorgegangen wäre. Denn der Prozeß der technischen, ökonomischen und politischen Modernisierung, auf den er reagierte, findet zwar immer noch als Thema Eingang in literarische Texte, Literatur ist aber heute nicht mehr wie Ende des 19. und zu Beginn des 20. Jahrhunderts eines der zentralen Medien zur gesellschaftlichen Selbstverständigung oder wenigstens zur Kompensation von Modernisierungsfolgen. Es gibt zwar noch den Reclam Verlag und seine Universal-Bibliothek, aber nicht mehr, jedenfalls nicht verbreitet, den Typus des lesenden Arbeiters, wie ihn Peter Weiß in seiner »Ästhetik des Widerstands« beschrieben hat. Und Literatur dient auch nicht mehr, wie das nach dem Zweiten Weltkrieg sowohl in der Bundesrepublik als auch in der DDR der Fall war, zur Legitimation und Repräsentation einer postnationalsozialistischen Gesellschaft. Sie wird daher auch nur noch in erheblich geringerem Maße als damals durch öffentlich-rechtliche Rundfunkanstalten alimentiert. Ingeborg Bachmann, Heinrich Böll, Günter Eich, Max Frisch, Wolfgang Hildesheimer, Arno Schmidt und Ernst Schnabel –

sie alle bezogen in den 1950er Jahren einen großen Teil ihres Einkommens nicht nur deshalb von Rundfunkanstalten, weil es noch kein Fernsehen gab und die Nachfrage nach Hörspielen viel größer war als heute, sondern Literatur sollte in dieser Zeit auch die Aufgabe einer Nationalerziehung übernehmen und wurde daher im Osten wie im Westen gleichermaßen im Sinne Schillers als eine »moralische Anstalt« verstanden und gefördert.

Die Einsicht in die politische Notwendigkeit einer kulturellen Repräsentation des Staates ist inzwischen mehr und mehr geschwunden. Das beweisen zum Beispiel die zeitweilig diskutierten, inzwischen zum Glück revidierten Pläne zur drastischen Kürzung der Mittel für die Goethe-Institute. Und die Meinung, daß Kultur ein innenpolitisch nicht zu unterschätzender Faktor sei, stimmte allenfalls noch in den Zeiten, in denen sich Günter Grass mit Schriftstellerkolleginnen und -kollegen erfolgreich für eine sozialdemokratische Wählerinitiative eingesetzt hat. Diese Zeiten sind jedoch vorüber. Heute fallen 18 Millionen Zuschauer von »Wetten dass ...?« mehr ins Gewicht als die einhundert- bis zweihunderttausend Käufer, die ein neuer Roman von Walser oder Grass findet. Mit Kultur im allgemeinen und Literatur im besonderen beschäftigte sich zwar schon immer nur ein relativ kleiner Teil der Bevölkerung, doch dazu gehörte vom 18. bis ins 20. Jahrhundert das Bildungsbürgertum als gesellschaftstragende Schicht. Auch das ist inzwischen anders geworden, denn Bildung ist längst nicht mehr eine unerläßliche Voraussetzung für die Zugehörigkeit zur gesellschaftlichen Elite.

Es kommt hinzu, daß Literatur in der ubiquitären Freizeitgesellschaft nicht nur in einer Medienkonkurrenz steht. Unter den Angeboten zur Gestaltung des Lebens außerhalb der Arbeitszeit war die Beschäftigung mit Literatur zwar schon immer nur eine unter vielen Möglichkeiten, aber diese Angebote sind – etwa durch die in den 1960er Jahren einsetzende flächendeckende Verbreitung des Fernsehens sowie den Siegeszug des Internets – zahlreicher geworden. Entscheidend dürfte die stark zugenommene Bedeutung audio-visueller Wissens- und Informationsvermittlung sein, deren Rezeption eine erheblich geringere Konzentration als das Lesen von Texten erfordert. Die Folge, eine deutlich verminderte Lesekompetenz, illustriert anschaulich ein Problem, auf das die Lektoren der wissenschaftlichen Taschenbuchreihe UTB reagieren mußten. Da die Hauptzielgruppe dieser Bücher, die Studenten, mit rein textuellen Darstellungen von Zusammenhängen immer größere Schwierigkeiten hat, wird bei neuen Titeln seit geraumer Zeit, wann immer dies möglich ist, mit Schaubildern und Graphiken gearbeitet. (Ein besonders gutes Beispiel für das Niveau, auf das sich Autoren dieser Reihe inzwischen glauben, hinabbegeben zu müssen, liefert übrigens die UTB-Einführung in die Literaturkritik.)

Was das Freizeitverhalten betrifft, so kann man dazu der vom Börsenverein des deutschen Buchhandels herausgegebenen Jahresstatistik 2002 folgende Beliebtheitsskala entnehmen: An erster Stelle steht Musikhören (41,0 Prozent), gefolgt von Fernsehen (36,1 Prozent) und Tageszeitungen lesen (31,4 Prozent). Gut essen gehen rangiert mit 27,4 Prozent an vierter Stelle, Parties feiern oder mit Freunden beisammen sein an fünfter (24,0 Prozent), Autofahren an sechster (20,1 Prozent), Grillen oder Picknicken im Freien – obwohl die Wintermonate nicht dazu geeignet sind – an siebter (19,1 Prozent). Erst jetzt, auf Platz acht, folgt mit 19,0 Prozent das Lesen von Büchern, wobei keine Unterschiede zwischen Kochbüchern, Reiseführern, Ratgebern für Freunde des Gärtnerns, Biographien von Sport- und Popikonen, historischen und politischen Monographien oder Romanen und Gedichtbänden gemacht werden.

Jenseits des Kreises von professionell mit ihr beschäftigten Lesern behauptet Literatur sich nennenswert nur noch dann, wenn man ihr entweder hohen Unterhaltungswert zumißt oder in den Fällen, in denen sie eine sei es lebensweltliche, sei es politische Orientierung zu geben vermag. Diese Situation spiegelt der Erfolg von Fernsehsendungen wie »Das Literarische Quartett« oder »Lesen!«. Ihre Zuschauer finden hier, was ihnen die Feuilletons der Tages- und Wochenzeitungen weder bieten können noch – bislang zumindest – wollen: keine als akademisch empfundenen, womöglich auch noch abwägenden Erörterungen, sondern klare Empfehlungen durch eine medial zur Instanz erklärten Persönlichkeit. Entscheidend für den langfristigen Erfolg solcher – wie sie im Medienjargon genannt werden – »Formate« wie auch der – gemessen an den bewirkten Verkaufszahlen – seit vielen Jahren erfolgreichsten Literaturzeitschrift Deutschlands, der Frauenzeitschrift »Brigitte«, ist bei der Auswahl der empfohlenen Bücher eine möglichst große Übereinstimmung mit dem Publikumsgeschmack – gleichsam ein seismographisches Vermögen. Das heißt nicht, daß man in diesen Medien nicht hin und wieder auch Bücher ins Spiel bringen kann, die diesem Geschmack nicht entsprechen. Solche Manöver verlangen aber eine feine Dosierung, und auch bei ihnen sind grundsätzlich die Fragen eskamotiert, die der nicht professionalisierten Literaturkritik des 18. und frühen 19. Jahrhunderts sowie der anspruchsvollen professionellen Literaturkritik des späten 19. und 20. Jahrhunderts gemeinsam sind. Beide entwickelten ihre Wertmaßstäbe ausschließlich produktions-, nie rezeptionsästhetisch. Anders formuliert: Traditionelle Literaturkritik, also die, die diesen Namen verdient, ist nicht demokratisch, macht es sich nicht zur Aufgabe, Mehrheitsentscheidungen zu folgen oder zu antizipieren, sie ist vielmehr unter Umständen, und diese Umstände sind die Regel, Anwalt des Publikums, weil sie gegen den Mehrheitsgeschmack opponiert, und zwar – ganz wie Lessing es gefordert hat – aus genauer Kenntnis des Gegenstands und seinen literarischen wie historischen Voraussetzungen. Kritik in diesem Sinne ist nicht, wie Werner Kraft in seiner luziden Studie über »Das Ja des Neinsagers« Karl Kraus hervorgehoben hat, Ausdruck einer »Meinung, denn die ist die falsche Subjektivität, die sich von der Person abheben, dem Warenumlauf einverleiben läßt«, sondern Ausdruck von »Autorität«. Und Autorität »setzt immer sich selbst ein, um der Sache zu genügen, sie mag so ungerecht, privat betrachtet sein, wie sie wolle«.

Mit der Beseitigung des öffentlich-rechtlichen Rundfunkmonopols wurde im Rundfunk und Fernsehen eine Entwicklung eingeleitet, die dort Literaturkritik entweder verschwinden oder zur vorauseilenden Akklamation eines Massengeschmacks werden läßt. Beim Norddeutschen Rundfunk etwa dürfen Buchbesprechungen nicht mehr statt – wie bis vor kurzem – vier Minuten lang sein, sondern höchstens zweieinhalb, was die Möglichkeit eines differenzierten Urteils natürlich einschränkt. Rundfunkmitarbeiter berichten inzwischen auch von Plänen zu einer Abschaffung der Kulturredaktionen bei den einzelnen Landessendern zugunsten einer einzigen Zentralredaktion, was die Meinungsvielfalt bestimmt nicht vergrößern wird. Die insgesamt deutliche Tendenz, Kritik durch den Buchtip zu ersetzen, ist durchaus erfolgreich: Während eine positive Rezension in einer renommierten überregionalen Tages- oder Wochenzeitung in der Regel nur zu einem Anstieg der Verkaufszahlen um einige hundert Exemplare – wenn überhaupt – führt, katapultierte Elke Heidenreich mit ihrer ersten Sendung in einer halben Stunde gleich fünf Titel auf die Bestsellerlisten, ohne auch nur einen einzigen Satz von sich gegeben zu haben, den man im entferntesten als literaturkritisches Argument gelten lassen könnte. Um Mißverständnissen vorzubeugen: Es geht hier nicht darum, Elke Heidenreich zu verteufeln. Was ihr als Kaufmotivatorin gelingt, ist beachtlich und für manche Verlage eine große Unterstützung. Aber mit Literaturkritik hat ihre Dauerwerbesendung nun einmal herzlich wenig zu tun. Sie könnte statt »Lesen!« auch »Kaufen!« heißen, ohne daß an der Konzeption auch nur ein Gran geändert werden müßte.

In einer Situation, in der für eine komplexe Auseinandersetzung mit Literatur die Räume immer kleiner und in absehbarer Zeit wohl zur Nische werden, greift ein Rekurs auf Lessing viel zu kurz. Selbst wenn lauter kleine Kopien des großen Gotthold Ephraim Lessing die Feuilletonspalten mit »Briefen, die neueste Literatur betreffend« füllen würden, änderte das nichts daran, daß die Kulturseiten der überregionalen Tageszeitungen im Schnitt nur von drei bis zehn Prozent ihrer Leser beachtet werden. Da inzwischen sämtliche gesellschaftlichen Teilsysteme, also auch das Teilsystem Kultur, ausschließlich unter ökonomischen Effizienzgesichtspunkten betrachtet werden, stimmt das besonders bedenklich.

Leider ist auch der jüngst laut gewordene Ruf nach einer neuen Elite kein Vorbote eines bevorstehenden kulturpolitischen Richtungswechsels, denn er basiert nicht auf dem Gedanken, ausschließlich auf ökonomische Rentabilität ausgerichtete Ziele zu ändern, sondern im Gegenteil auf einer Verabsolutierung des Marktes, der längst den einzigen, zumindest den beherrschenden Maßstab für gesellschaftlichen Erfolg liefert. Unter diesen Voraussetzungen liegt die düstere Prognose geradezu auf der Hand, daß die traditionelle Literaturkritik weiter an Bedeutung verlieren und der Grad ihrer Professionalisierung sinken wird. Literaturkritik droht damit über kurz oder lang tatsächlich zu dem zu werden, was sie vor Lessing war: Nicht zu einem beliebigen Gerede, aber zu einer Sache für Experten, zu einem Diskurs an der gesellschaftlichen Peripherie.

Literatur

Wolfgang Albrecht, *Literaturkritik*, Stuttgart, Weimar 2001.

Theodor W. Adorno, *Kritik*, in: Ders., *Kritik. Kleine Schriften zur Gesellschaft*, Frankfurt am Main 1971, S. 10-19.

Theodor W. Adorno, *Zur Krisis der Literaturkritik*, in: Ders., *Noten zur Literatur*, Frankfurt am Main 1981, S. 661-664.

Thomas Anz / Rainer Baasner, *Literaturkritik*, München 2004.

Heinz Ludwig Arnold (Hrsg.), *Über Literaturkritik*, München 1988.

Walter Benjamin, *Die Technik des Kritikers in dreizehn Thesen*, in: Ders., *Gesammelte Schriften.* Band IV.1, hrsg. von Tillman Rexroth, Frankfurt am Main 1991, S. 108 f.

Börsenverein des Deutschen Buchhandels e.V. (Hrsg.), *Buch und Buchhandel in Zahlen 2003*, Frankfurt am Main 2003.

Wilfried Barner, *Literaturkritik – Anspruch und Wirklichkeit. DFG-Symposion 1989*, Stuttgart 1990.

Jörg Drews (Hrsg.), *Literaturkritik – Medienkritik*, Heidelberg 1977.

Jörg Drews, *Die Entwicklung der westdeutschen Literaturkritik seit 1965*, in: Paul Michael Lützeler / Egon Schwarz (Hrsg.), *Deutsche Literatur in der Bundesrepublik seit 1965. Untersuchungen und Berichte*, Königstein/Ts. 1980, S. 258-269.

Hans Magnus Enzensberger, *Rezensenten-Dämmerung*, in: Ders., *Mittelmaß und Wahn. Gesammelte Zerstreuungen*, Frankfurt am Main 1988, S. 53-60.

Martha Maria Gehrke, *Buchkritik und Tageszeitung*, in: *Die Weltbühne*, Jg. 27, Nr. 47 vom 22. November 1932, S. 766-767.

Franz Josef Görtz / Gert Ueding, *Gründlich verstehen. Literaturkritik heute*, Frankfurt am Main 1985.

Jürgen Habermas, *Strukturwandel der Öffentlichkeit*, Neuwied 1962.

Peter Hacks, *Das Arboretum*, in: Ders., *Die Maßgaben der Kunst. Gesammelte Aufsätze 1959-1994*, Hamburg 1996, S. 170-190.

Peter Hamm, *Kritik / von wem / für wen / wie. Eine Selbstdarstellung*, München 1968.

Peter Uwe Hohendahl, *Literaturkritik und Öffentlichkeit*, München 1974.

Peter Uwe Hohendahl, *Geschichte der deutschen Literaturkritik*, Stuttgart 1985.

Erich Kästner, *Unter aller Kritik!*, in: *Die Weltbühne*, Jg. 27, Nr. 47 vom 22. November 1932, S. 765-766.
Daniel Kehlmann, *Ironie und Strenge*, in: *Volltext*, Nr. 6, April/Mai 2003, jetzt auch in: Ders., *Wo ist Carlos Montúfar? Über Bücher*, Reinbek 2005, S. 133-143.
Hermann Kersten, *Kritik der Literaturkritik*, in: *Die Weltbühne*, Jg. 27, Nr. 47 vom 22. November 1932, S. 767-768.
Karl Korn, *Buchkritik in der Tageszeitung*, in: *Akzente*, Jg. 2, 1955, H. 1, S. 15-22.
Reinhart Koselleck, *Kritik und Krise. Eine Studie zur Pathogenese der bürgerlichen Welt*, Freiburg, München 1959.
Werner Kraft, *Das Ja des Neinsagers. Karl Kraus und seine geistige Welt*, München 1974.
Helmut Kreuzer (Hrsg.), *Deutschsprachige Literaturkritik 1870-1914.* Eine Dokumentation, unter Mitarbeit von Doris Rosenstein, 4 Bde., Frankfurt am Main u.a. 2006.
Gotthold Ephraim Lessing, *Werke*, hrsg. von Herbert G. Göpfert, München 1979.
Odo Marquard, *Inkompetenzkompensationskompetenz*, in: Ders., *Abschied vom Prinzipiellen*, Stuttgart 1981.
Hans Mayer (Hrsg.), *Deutsche Literaturkritik*, 4 Bde., Frankfurt am Main 1978.
Norbert Miller / Dieter Stolz (Hrsg.), *Positionen der Literaturkritik*, Sonderheft der Zeitschrift *Sprache im technischen Zeitalter*, Köln 2002.
Stefan Neuhaus, *Literaturkritik. Eine Einführung*, Göttingen 2004.
Gunther Nickel, *Die Schaubühne – Die Weltbühne. Siegfried Jacobsohns Wochenschrift und ihr ästhetisches Programm*, Opladen 1996.
Alfred Polgar, *Sinn der Buchkritik*, in: *Die Weltbühne*, Jg. 27, Nr. 47 vom 22. November 1932, S. 768-770.
Matthias Politycki, *Abschied von der Literatur. Was wir schon viel zu lange lesen müssen – ein fast erfundenes Gespräch*, in: Ders., *Die Farbe der Vokale. Von der Literatur, den 78ern und dem Gequake satter Frösche*, München 1998, S. 45-50.
I.A. Richards, *Prinzipien der Literaturkritik*, Frankfurt am Main 1985.
Heinz-Gerd Schmitz / Jürgen Egyptien / Monika Neukirchen, *Hat Literatur die Kritik nötig? Antworten auf die Preisfrage der*

Deutschen Akademie für Sprache und Dichtung vom Jahr 1987, Frankfurt am Main 1989.
Franz Schuh, *All you need is love. Notizen und Exzerpte zur (Literatur-)Kritik*, in: Ders., *Schreibkräfte. Über Literatur, Glück und Unglück*, Köln 2000.
Gustav Seibt, *Sehr erprobte Formen. Über Literaturkritik*, in: Ders., *Das Komma in der Erdnußbutter. Essays zur Literatur und literarischen Kritik*, Frankfurt am Main 1997.
Friedrich Sengle, *Ein Aspekt der literarischen Wertung*, in: *Akzente*, Jg. 2, 1955, H. 1, S. 28-36.
Friedrich Sieburg, *Du sollst nicht töten*, in: *Akzente*, Jg. 2, 1955, H. 1, S. 22-28.
Peter Sloterdijk, *Kritik der zynischen Vernunft*, Frankfurt am Main 1983.
Uwe Steiner, *Kritik*, in: Michael Opitz / Erdmut Wizisla (Hrsg.), *Benjamins Begriffe*, Bd. 2, Franfurt am Main 2000, S. 479-523.
Thomas Steinfeld (Hrsg.), *Was vom Tage bleibt. Das Feuilleton und die Zukunft der kritischen Öffentlichkeit in Deutschland*, Frankfurt am Main 2004.
René Wellek, *Geschichte der Literaturkritik 1750-1950*, 4 Bde., Berlin u.a. 1978 ff.
Hubert Winkels, *Die Schöne und der Markt. Wohin strebt die Literaturkritik*, in: Ders., *Gute Zeichen. Deutsche Literatur 1995-2005*, S. 34-54.

Literaturkritik
Zukunftsaussichten eines alten Gewerbes
Podiumsdiskussion

Die Teilnehmer der Podiumsdiskussion
auf dem Leipziger Symposion
der Deutschen Literaturkonferenz
am 27. März 2004

THIERRY CHERVEL
Mitbegründer und Redakteur von »perlentaucher.de«

INA HARTWIG
Literaturredakteurin der »Frankfurter Rundschau«

TILMAN KRAUSE
Literaturredakteur der Tageszeitung »Die Welt«

FRAUKE MEYER-GOSAU
Redakteurin der Zeitschrift »Literaturen«

GUNTHER NICKEL
Lektor des Deutschen Literaturfonds e.V. und Privatdozent für Neuere Deutsche Literaturgeschichte an der Johannes Gutenberg-Universität Mainz

WILFRIED F. SCHOELLER
Seit 2002, nach drei Jahrzehnten als Leiter der Kulturabteilung des Hessischen Rundfunks, freier Autor, Literaturkritiker und Generalsekretär des PEN

BURKHARD SPINNEN
Schriftsteller und, gelegentlich, auch Literaturkritiker

FRAUKE MEYER-GOSAU

Bevor wir in dieser Diskussion zu klagen beginnen, sollten wir zunächst an einem ganz anderen Ende ansetzen, nämlich bei der Leidenschaft. Wenn uns eines verbindet, so unterschiedlich die Tätigkeitsbereiche sind, dann ist es die Leidenschaft für das Buch, die Leidenschaft für das Lesen. Worin besteht, worin drückt sich aus, und wo ist sie losgegangen, Ihre Leidenschaft für Literatur, Herr Nickel?

GUNTHER NICKEL

Irgendwann in der Schulzeit und wohl vor allem, weil ich sehr gute Deutschlehrer hatte. Sie animierten mich zum Mitmachen beim Schultheater. Sie schärften aber auch den Sinn nicht nur für den Inhalt von Romanen und Erzählungen, sondern auch für die Musikalität von Sprache und bahnten mir damit den Weg zur Lyrik. Enthusiasmus und Bildungshunger waren dann irgendwann so groß, daß ich einen Medizinstudienplatz in Hannover sausen ließ und Literaturwissenschaft studiert habe.

TILMAN KRAUSE

Meine Leidenschaft für die Literatur kommt eigentlich daher, daß ich immer schon gerne mitreden wollte. Ich habe es als Kind mit großem Vergnügen erlebt, daß meine Eltern, daß die Freunde meiner Eltern, daß die Großeltern sich über Literatur unterhielten, sich stritten über solche Unappetitlichkeiten wie die Aale in der ›Blechtrommel‹, über solche Unverständlichkeiten wie ›Die Elefantenuhr‹ von Walter Höllerer. Ich habe noch die Diskussionen am Abendbrottisch im Ohr, über Gegenwartsliteratur ebenso wie über die klassische. »›Die Buddenbrooks‹ lasse ich gelten, aber als Theologe lehne ich die Josephsromane ab«, so Großpapa, der alte Wilhelminer, und sein »ab« klang wie Hackenklapp. »Wie kannst du deinen Mädchen diesen unerquicklichen Kafka zumuten«, so die Patentante zu Mama, die im Verein mit Papa beteuerte, Kafka und die Absurden müßten junge Leute heute kennen. Ihr Für und Wider, ob man mir Hesses ›Gesammelte Werke‹ zur Konfirmation schenken soll, »diesen verschwiemelten homoerotischen Kitsch, der Junge ist sowieso schon gefährdet«. Engagiert, ja erbittert, wurde über Lektüren bei uns gestritten, als ob unser und aller Menschen Seelenheil davon abhinge. Und ich erinnere mich noch gut, was für eine ungeheure Verheißung das für mich als Kind war, eines Tages mit den Großen, mit den Erwachsenen mitreden zu können, über dieses mit so großem Erregungspotential versehene Thema Literatur. Ich glaube, das war die Initialzündung. Aus ihr resultierten meine unerschöpfliche Neugier auf Bücher, die ich, seit ich mich als bewußt lebenden Menschen erlebe, zum Dasein brauche wie die Luft zum Atmen, und, zweitens, der Antrieb, den ich schon früh verspürte, ohne damit übrigens gleich ein klares Berufsbild zu verbinden, eines Tages ebenso leidenschaftlich über Bücher mich zu verbreiten wie die Menschen in meinem Umfeld. Literatur war für mich also sehr früh eine Sache des Gesprächs. Ich verstehe auch meine eigene literaturkritische Tätigkeit als Einladung zum Gespräch, das eine mehr oder weniger imaginäre »schöne Gesellschaft« führt, eine Gesellschaft, die, solange ich leben werde, wahrscheinlich ein Abbild oder eine Weiterführung der »schönen Gesellschaft« ist, die sich an den Abendbrottischen meiner Kindheit in Szene gesetzt hat.

INA HARTWIG

Das Lesen ist für mich so etwas wie ein Naturzustand. Es fällt mir dennoch schwer zu beantworten, wie die »Leidenschaft« entstand, denn die Quellen sind sicherlich sehr diffus verteilt auf die Biographie. In meinem Elternhaus wurde beim Mittagessen nicht über Thomas Mann und Heinrich Böll debattiert und auch nicht über Goethe. Wichtiger waren Figuren wie Carlo Schmid, Manès Sperber, Rosa Luxemburg, Tucholsky, Voltaire und Rousseau. Die deutschsprachige Literatur sich zu erobern, war also meine eigene Aufgabe, ganz unabhängig von den Eltern, und die Schulzeit und Studienzeit haben das glücklicherweise ermöglicht. Nach dem Kinderglück mit den Grimmschen Märchen, der Kinderbibel und Lindgren kam die stark suchende jugendliche Lektüre und dann das hitzige Lesen der jungen Erwachsenen, den gesamten Thomas Mann, Goethes Romane, Hans Henny Jahnn, Musil, Peter Handke, Kleist, Proust und so weiter. Dieser einige Jahre lang anhaltende Zustand hatte etwas schlicht Gefräßiges. Später haben die wissenschaftliche Arbeit und auch das Romanistikstudium – also die andere Sprachwelt – die Literaturleidenschaft verändert: Sie ist gezielter geworden, stärker von Fragen geleitet. Ein besonderes Initialerlebnis in Sachen Leidenschaft war die Lektüre von Max Frischs »Homo faber« zu Schulzeiten. Ich habe die ganze Nacht durchgelesen, obwohl ich am nächsten Tag eine Biologiearbeit schreiben mußte und eigentlich dafür hätte lernen müssen. Die Folge war, daß ich eine Sechs bekam. Das Versagen auf dem Gebiet der Naturwissenschaft war der – mit pubertärem Stolz entrichtete – Preis für das leidenschaftliche Lesen. In dieser Zeit ist dann wohl auch die Entscheidung gefallen, Literatur zur Hauptsache zu erklären.

BURKHARD SPINNEN

Also, Sie können sich das vielleicht nicht vorstellen, aber ich hatte als kleiner Junge rote Haare, sehr rote Haare, ganz extrem rote Haare und mehr als ich jetzt habe, wesentlich mehr. Und dazu war ich ganz blaß, hatte ein paar Sommersprossen und gehörte nicht in den Ort, in dem wir wohnten. Meine Eltern übrigens auch nicht. Und so brauchte es nicht viel, mir vorzustellen, daß das eigentlich gar nicht meine Eltern waren und daß das auch gar nicht der Planet war, auf den ich gehörte. Wenn aber dies die Lage ist, in der man sich bei erwachendem Bewußtsein befindet, dann gibt es eigentlich nur noch eine Chance: Lesen. Denn Lesen ist die einzige Möglichkeit, einen Zustand der Harmonie herzustellen. Nicht weil das, was in den Büchern passiert, die reine Harmonie ist! Aber es gibt doch keine größere Harmonie als die zwischen einem Menschen und dem Buch, das er gerade liest. Geschichten in Büchern sind abgeschlossen, sie haben – zumal wenn es Kinder- oder Jugendbücher sind – eine identifizierbare Moral, sie transportieren klare Vorstellungen von Zusammengehörigkeit und Nichtzusammengehörigkeit. Und also habe ich gelesen; und später habe ich dann den verzweifelten Versuch unternommen, aus dem Lesewillen einen Beruf zu machen. Da gab es eine ganz klare Rangliste. Wer gerne liest und beruflich weiter mit Büchern zu tun haben will, für den ist Nummer eins: Schriftsteller; Nummer zwei ist dann Literaturprofessor; Nummer drei ist Kritiker und so weiter. So war jedenfalls meine Liste. Später habe ich allerdings gemerkt, daß meine Liste keine Rangordnung ist. Die verschiedenen Tätigkeiten rund um das Schreiben und Lesen sind so etwas wie Blütenblätter an derselben Blüte. Deshalb mache ich heute gerne sehr verschiedene Sachen rund um das Buch herum.

THIERRY CHERVEL

Ich bin ein organischer Leser, das heißt, seit ich lesen kann, lese ich und habe eigentlich nie aufgehört zu lesen. Ich komme zwar nicht aus einem bildungsbürgerlichen Haushalt, wo am Mittagstisch über Bücher diskutiert wurde, aber mir wurde doch schon als Kind vorgelesen und als Einzelkind und Kind einer alleinerziehenden Mutter hatte ich auch sehr viel Zeit zu lesen. Also habe ich mich immer auf die Suche gemacht nach dem Buch, das mir auch das entsprechende Erlebnis eines völligen Versinkens bescherte. Da war z.B. Thomas Mann für mich auch eine ganz, ganz wichtige Station. Ich habe im Grunde alles ohne Vorinformationen entdeckt. Später kamen, ähnlich wie auch bei Herrn Krause, die großen Helden des 19. Jahrhunderts: Stendhal, Balzac, Dostojewski, Tolstoi usw. Der Gegenwartsliteratur habe ich mich nur zögernd genähert, da war die Schule sehr wichtig, wir hatten auch gute Lehrer, Max Frisch usw. Bis heute bin ich kein systematischer Leser der Gegenwartsliteratur.

WILFRIED F. SCHOELLER
Ich stamme aus einer schwäbischen Einöde, in der es, im Grunde genommen, keine Menschen gab. Ich bin in einem menschenleeren Raum aufgewachsen. Und es gab nur zwei Möglichkeiten, ihn zu bevölkern: durch Angeln – da gab es Lebewesen im Wasser, die man rausholen konnte – und durch Lesen. Dadurch konnte man sich eine Welt erschaffen, und ich habe beides, das Angeln und das Lesen, miteinander verbunden. Als es wegen der Wasserverschmutzung keine Fische mehr gab und damit auch das Angeln aufhörte, habe ich mich dann vollständig auf die Bücher gestürzt. Dabei erging es mir wie Frau Hartwig; ich wurde in der Schule immer schlechter und wenn sie noch ein Jahr länger gedauert hätte, wäre ich wohl sitzengeblieben. Ich war einfach an etwas anderes verloren. Das ist die Kurzfassung.

FRAUKE MEYER-GOSAU
So haben wir alle offenkundig unsere Leidenschaft zum Beruf gemacht. Wie kommen wir eigentlich an unsere Lektüre, was machen wir damit, bevor überhaupt irgend etwas, was wir produziert haben, an Rezipienten gerät?

TILMAN KRAUSE
Ich arbeite ja in einer Zeitung, die eine literarische Beilage hat, acht Seiten sind es mittlerweile, die wir jeden Sams-

tag anbieten. Und das bringt natürlich mit sich, daß es mehrere Kollegen gibt, die sich um die Literatur kümmern und dieses wiederum bedeutet, daß jeder sich ein Aufgabenfeld sucht. Das ist thematisch gebunden, das ist generationell gebunden, und das ist auch national gebunden. Ich bin neben der deutschen Gegenwartsliteratur, die zu betrachten und die zu begutachten jeder Literaturredakteur verpflichtet ist, beispielsweise noch für Frankreich zuständig. Und was die deutschsprachige Gegenwartsliteratur angeht, bin ich natürlich auch nicht, schon nicht mehr, für die ganze zuständig. Ich habe vielmehr die ehrenvolle Aufgabe, mich mit den Autoren beschäftigen zu dürfen, die schon ein Werk vorgelegt haben – bis hin zu den sogenannten großen Alten: Walser, Christa Wolf, Günter Grass. Das ist mein Arbeitsgebiet. Ich habe es mir offen gestanden gar nicht so bewußt erschrieben, das hat sich im Laufe der Jahre ergeben. Ich habe als Literaturredakteur beim »Tagesspiegel« angefangen, da war ich allein, da mußte ich sozusagen alles machen, und dann pendelte sich das so heraus beim Übergang zur »Welt«, zur überregionalen Zeitung mit mehreren Kollegen.

FRAUKE MEYER-GOSAU
Frau Hartwig, wie sieht das bei Ihnen aus?

INA HARTWIG
Es beginnt damit, daß man sich die unendlich vielen Prospekte durchschaut, die Kreuzchen macht, wenn man meint, daß die Bücher Beachtung finden sollten. Dann wird eine Liste erstellt, meist von der Sekretärin, die wird dann verschickt an die Mitarbeiter, die wiederum suchen sich ihre Titel aus. Und dann gibt es eine große Verteilaktion, zwei Mal im Jahr ist dieses logistische Großwerk zu tätigen. Das ist alles sehr prosaisch, was das Organisieren angeht. Und es ist eine sehr organisationsinten-

sive Arbeit. Ich mache dasselbe wie jeder normale Literaturredakteur, das ist wenig geheimnisvoll, und man sieht es den Literaturbeilagen der großen Zeitungen auch an, daß letztendlich eine große Einigkeit herrscht über die Titel, die besprochen werden sollten. Man folgt doch relativ naheliegenden Kriterien. Da sind einerseits die Debütanten, dann gibt es die große Schicht der Autoren, die in der Tat schon so etwas wie ein Werk haben, auf dem sie aufbauen, und mit denen sympathisiere ich, einfach deshalb, weil es Spaß macht über Werke, über Werkzusammenhänge nachzudenken. Das reizt mich mehr, da schließe ich mich Tilman Krause an, als jedem Debüt hinterherzuhecheln. Und dann gibt es natürlich die Klassikerpflege, die Gedächtnispflicht, die ein Feuilleton ebenfalls erfüllen muß, und dann haben wir uns immer zu arrangieren mit den Plätzen, die sich leider ständig ändern und die insgesamt schrumpfen. Dann gibt es Direktiven innerhalb der Zeitung, es gibt wechselnde Chefredaktionen, die jeweils andere Vorstellungen haben. Auf einmal werden andere Medien ausgemacht, die neue Formen erfinden, auf die wir reagieren sollen, müssen oder auch nicht müssen. Da sind so viele Fragen, die permanent gewälzt werden.

FRAUKE MEYER-GOSAU
Wie war das beim Fernsehen, Herr Schoeller?

WILFRIED F. SCHOELLER
Im Fernsehen war es natürlich genauso wie in der Zeitung. Jeder von uns, der einigermaßen regelmäßig beschäftigt war, hat für sich Listen erstellt, die haben wir dann miteinander verglichen. Danach haben wir das Ergebnis wiederum mit den Literaturlisten der Zeitungen verglichen. Es ist in der Tat eine große – und mir selbst nicht ganz verständliche – Übereinstimmung bei sehr vielen Titeln herausgekommen. Es muß wohl stillschwei-

gend Kriterien geben, aber unbewußte. Und keiner von uns erfüllt alle Kriterien, sonst wären wir ja der Inbegriff und der Hort der Objektivität oder wir hätten unsere Sympathie, unsere Neugier, unser Interesse begradigt zugunsten eines Musterkatalogs – das auf der einen Seite. Auf der anderen aber gibt es doch Übereinstimmung; es gibt bei der Auswahl auch eine Art literarisches Gespräch, das sich auf ein paar Telefonate beschränkt: Was hast du gelesen? Jeder bringt dann irgendwas ein, was der andere noch nicht gelesen hat, so daß sich daraus einige Gemeinsamkeiten ergeben.

Aber wie kam ich an die Literatur heran? Ich habe 1960 das Abitur gemacht und dann in München studiert. Damals war der Universitätsbetrieb absolut mangelhaft, was Gegenwartsliteratur betraf. Es gab einfach keine Professoren mit Vorlesungen über Gegenwartsliteratur. Man kam da nur auf anderem Weg heran. Gegenwartsliteratur war insgesamt ein viel größerer Raum als heute. Es galt, die gesamte verschollene Literatur wiederzuentdecken, und meine zweite Universität war ein Münchner Antiquar, Jacki Renka, ein Münchner Jude, der in einem mentalen Zwiespalt befangen war. Er sprach Münchnerisch, war aber in Palästina und im Spanischen Bürgerkrieg gewesen. München war seine Heimat und sein gegnerisches Gebiet. Er setzte ganz auf uns junge Leute. Bei ihm tauchten legendäre Gestalten auf wie Wieland Herzfelde und der fast blinde Arnold Zweig. Wenn die im Westen waren, dann haben sie selbstverständlich Jackie Renka aufgesucht. Und wir sind als junge Leute an diese Literatur, die für uns auch Gegenwartsliteratur gewesen ist, herangekommen. Er verpflichtete uns, die Bücher zu lesen, dann erhielten wir sie sehr preiswert. Die Lektüre hat er auch abgefragt, da war also ein gewisser Zwang dahinter, der war schon ganz gut. Dabei hat sich etwas herausgebildet wie der Gedanke des kompensatorischen Interesses: daß unsere Aufgabe darin besteht – die Aufgabe einer Generation –, daß wir etwas entdecken, was verschollen und vergessen ist und daß wir diese erworbenen Kenntnisse in die literarische Öffentlichkeit einspeisen sollten. Das beschäftigt mich bis heute. Das heißt also, für mich besteht Gegenwartsliteratur auch aus Büchern des Expressionismus, der 1920er Jahre oder des Exils. Ich will ein Beispiel anführen. Ich habe ein antiquarisches Buch gekauft, das heißt »Irrsinnig«, stammt von einem Menschen namens Walter Hempel, gewiß kein literarischer Name; niemand von Ihnen kennt ihn, ich habe ihn bis dato auch nicht gekannt. Aber ich versuche nun, die Geschichte dieses Mannes zu rekonstruieren und herauszufinden, wie es sich mit seinen Manuskripten verhält. Das ist für mich genauso Gegenwartsliteratur. Dieses Buch stammt aber aus dem Jahr 1929.

FRAUKE MEYER-GOSAU

Herr Spinnen, wenn Sie sagen sollten, worin Sie die Aufgabe von Literaturkritik sehen, wie klänge das?

BURKHARD SPINNEN

Da muß ich zwei Antworten geben. Die vielleicht existentiellere Auseinandersetzung mit der Literaturkritik führe ich, wenn ich Kritiken über meine eigenen Texte lese. Andererseits rede ich selbst gelegentlich über andere Literatur. Wenn ich mit dem zweiten anfangen soll: Das hat immer noch einen ziemlich stark akademischen Impetus. Da ich mit neunzehn kein Schriftsteller war und absehen konnte, auch mit zwanzig keiner zu sein, habe ich Literaturwissenschaft studiert. Ich bin dann an der Universität sehr, sehr lange geblieben und mit dem Kanon konfrontiert worden. Ich wußte allerdings anfangs gar nicht, daß der Kanon Kanon hieß; ich hielt es für selbstverständlich, daß gewissermaßen neunundneunzig Prozent der relevanten Literatur von Leuten stammt, die schon länger tot sind. Wenn ich mich nun heute literaturkritisch äußere, dann versuche ich das immer mit Hinblick darauf zu tun, daß Literatur ein Menschheits- oder zumindest ein Zivilisations- oder Kulturprojekt ist. Natürlich hat Literatur auch mit den sogenannten aktuellen Themen zu tun, ist aber im großen und ganzen ein ästhetisches Projekt, das unsere ganze Kultur begleitet. Also darf man nicht so tun, als würde die Literatur in jeder Saison neu erfunden. Diese Überzeugung hat dann bewirkt, daß ich mich in den drei Jahren hier in Leipzig, als Gastdozent am Literaturinstitut, gelegentlich ein bißchen unbeliebt gemacht habe. Etwa wenn jemand einen expressionistischen Text verfaßt hatte und glaubte, das sei etwas ästhetisch vollkommen Neues. Ich habe dann Literaturlisten angeschleppt, damit man das nachlesen konnte. Gemessen an der gesamten Literaturgeschichte ist Originalität eine heikle Kategorie. Das ist das eine zum Thema Kritik. Das andere: Seit dreizehn Jahren lese ich Kritiken über meine Bücher und das ist und bleibt natürlich – alle jeweilige Qualität einmal außen vor gelassen – die relevanteste Auseinandersetzung, die ich über meine Texte führe. Sie ist nicht zu substituieren durch Gespräche mit Lesern nach Lesungen. Das sind zwar manchmal extrem harmoniegesättigte Veranstaltungen und da gibt es gelegentlich auch Bauchpinseleien, die von der Literaturkritik so nicht zu erwarten sind – nicht wahr, Herr Krause! –, aber es bleibt doch ein etwas kolloquial getränktes Niveau. Die spitzen, scharfen, genauen Sätze wird es da nicht geben, die kann ich rechtens nur von jemandem erwarten, der nicht eine viertel oder dreiviertel Stunde mir zugehört hat, sondern das Buch in Ruhe gelesen, zwei unruhige Nächte darüber verbracht hat und sich dann selber über einzelne Sätze, die er darüber schreiben mußte, heftig hat Gedanken machen müssen. Auf der Suche nach solchen Sätzen bin ich. Solche Sätze – aus der Menge der Kritiken herausgefiltert, nicht viele, aber dann doch wiederum einige – haben mich in diesen dreizehn Jahren begleitet. Manchmal haben sie das Nachdenken veranlaßt, ob ich z.B. so weitermachen soll oder ob ich nicht zumindest nach der Möglichkeit Ausschau halten soll, irgend etwas zu verändern; sei es auch nur, um die Kritiker zu überraschen. Nichts etwa wird durch ein Lob, eine positive Rezension so sehr stimuliert wie der Wunsch, gerade diesem Kritiker oder dieser Kritikerin gegenüber zu denken: »Na, aber paß mal auf, beim nächsten Mal, da kommt der Wind von der ganz anderen Seite und da weht es dir das Ruder aus der Hand!« Das sind und bleiben ganz heftig produktive Schübe, allenfalls noch vergleichbar mit den Gesprächen, die man mit seinem Leib- und Magenlektor führt oder mit Leuten aus dem ganz persönlichen Umkreis. Die Auseinandersetzung mit der Kritik ist und bleibt der wichtigste Diskurs; ich bin darauf angewiesen, und das heißt natürlich: Ich bin auf die Qualität der Kritik angewiesen.

FRAUKE MEYER-GOSAU
Frau Hartwig und Herr Schoeller haben es noch einmal bekräftigt: Seltsamerweise kommen Leute, die sich professionell mit Literatur im publizistischen Bereich beschäftigen, ungefähr zur selben Auswahl von Büchern, die sie für wichtig erklären. Dennoch klaffen nachher die Urteile teils kraß auseinander. Haben Sie dazu eine Hypothese, Herr Nickel?

GUNTHER NICKEL
Vielleicht beginne ich damit, daß ich, bevor ich Lektor des Literaturfonds geworden bin, im Deutschen Literaturarchiv Marbach unter anderem die Literaturveranstaltungen organisiert habe. Dazu bin ich wie die Jungfrau zum Kinde gekommen, denn ich hatte bis dahin ausschließlich als Literaturhistoriker gearbeitet. Die wichtigste Frage, die man sich stellt, wenn man eine Veranstaltungsreihe für eine solche Institution konzipiert, lautet:

Wie kann ich etwas auf die Beine stellen, was diese Einrichtung nicht nur als Lokalität nutzt, sondern auch inhaltliche Bezüge zur sonstigen Arbeit hat? Es ging mir also nicht darum, wie der Pastor am Samstag zu überlegen: Wie bekomme ich die Kirche voll? Eines der Motive, aus denen das Deutsche Literaturarchiv 1955 gegründet wurde, war der Wunsch, die ins Exil gezwungene Literatur wieder nach Deutschland zurückzuholen. Da liegt es natürlich auf der Hand, sich nach Gegenwartsliteratur umzusehen, die sich mit diesem Kapitel deutscher Geschichte auseinandersetzt. Dabei stellte ich schnell fest, daß es viele Romane gibt, bei denen die ganze Erzählanstrengung nur dem Beweis dient, daß die Guten gut und die Bösen böse waren. Diese Art von Literatur liefert natürlich nicht den geringsten Denkanstoß. Sie pinselt eigentlich nur Schemata aus. Aber es gibt Kritiker, die an solchen Büchern Gefallen finden, weil für sie in erster Linie der moralische Gehalt literarischer Texte zu diesem Thema wichtig ist. Das erklärt, warum krasse Meinungsunterschiede bei Literatur, die die deutsche Geschichte der Jahre 1933 bis 1945 zum Thema hat oder zur Folie nimmt, mitunter vorprogrammiert sind. Ich bin dann bald auf Bücher gestoßen, die nicht Selbstverständlichkeiten wiederholen, so Norbert Gstreins Roman »Die englischen Jahre« und Robert Menasses »Die Vertreibung aus der Hölle«. Menasses Buch wurde von der Literaturkritik zwar nicht extrem gegensätzlich, aber durchaus kontrovers diskutiert. Das empfand ich aber gar nicht als störend, sondern im Gegenteil als sehr bereichernd. Denn die Vielfalt verhalf mir dazu, mir ein differenzierteres Urteil zu bilden als nach der ersten Lektüre. Extrem gegensätzliche Urteile beobachte ich meist als Folge eines Rummels um einen neuen Titel, der manche Kritiker offensichtlich so sehr einschüchtert, daß sie den Mut zu einem eigenen Urteil verlieren und andere zu »technischen« Gegenreaktionen animiert. Und leider gibt es neben Nepotismus immer wieder mal Fälle, in denen Bücher von Kritikern nicht oder nur teilweise gelesen und statt eines Urteils nur Vorurteile nachgeplappert werden. Das passiert auch im Qualitätsfeuilleton. So ist mir bei einem Pauschalisten der »Frankfurter Allgemeinen Zeitung« in letzter Zeit mehrfach aufgefallen, daß er die von ihm mal gelobten, mal verrissenen Bücher eindeutig zu nicht viel mehr als einer Daumenprobe konsultiert hat. Das ist aber zum Glück nicht die Regel, und auch kraß divergierende Urteile sind doch eher die Ausnahme. Im übrigen wäre nichts schrecklicher, als wenn wir eine völlig homogene literaturkritische Landschaft hätten. Beängstigend ist die Aussicht, daß die noch vorhandene Vielfalt immer mehr abnehmen wird.

FRAUKE MEYER-GOSAU
Wie sehen denn die Veränderungen nun konkret aus, Frau Hartwig?

INA HARTWIG
Zunächst würde ich sagen, daß sie sich noch in Grenzen halten. Wir haben nach wie vor in allen überregionalen Zeitungen Literaturteile, also einen Platz, der der Literatur eingeräumt wird. Das wird in keiner Weise in Frage gestellt, und so weit ich das sehe, steht Deutschland damit immer noch einigermaßen einzigartig da. Wir brauchen uns nur mal in Europa umzuschauen, nirgends erkennt man eine vergleichbare Situation. In Frankreich gibt es eigentlich gar keine Literaturkritik in unserem Sinne. Es gibt zwei, drei Zeitungen, die literarische Seiten präsentieren, aber die literarische Kritik ist korrumpiert, was auch am Zentralismus Frankreichs liegt, an einer vollkommen verfilzten Szene. In französischen Zeitungen liest man keine Literaturkritik, das heißt, man liest keine Auseinandersetzungen mit Werken. In Deutschland wird ja wirklich noch Literaturkritik betrieben,

glücklicherweise dezentralisiert, glücklicherweise in verschiedenen Zeitungen. Und man muß auch sagen, daß nach wie vor der Literaturkritik relativ viel Platz eingeräumt wird. Deshalb sollten wir aufpassen, daß wir nicht auf einem allzu hohen Niveau klagen. Dies mal vorneweg gesagt. Trotzdem finden natürlich gewisse Veränderungen statt, weniger im Bereich der Rezensionen – wobei die Tendenz zu Tips natürlich unübersehbar ist. Tips werden gewünscht, was sicherlich verschiedene Gründe hat, über die man extra reden könnte. Aber nach wie vor ist ja die Rezension vorhanden: als Genre. Während ein anderes Genre schon fast ganz verschwunden ist aus dem deutschen Feuilleton, nämlich das, was früher am Wochenende gedruckt wurde: der literarische Essay. Ich finde das ausgesprochen bedauerlich. Nicht nur, weil ich diese Form selbst so geliebt habe, sondern auch deshalb, weil man im literarischen Essay, jedenfalls im Idealfall, so etwas studieren konnte wie den »Gebrauch« der Literatur. Was kann man mit Literatur überhaupt machen? Wie kann, darf und soll man über sie und mit ihr denken? Man kann ja unglaublich viel und sehr unterschiedliche Dinge mit ihr machen. Es gibt sehr viele Ansätze, sehr viele Interessenslagen, und sie konnten im literarischen Essay sehr schön vorgeführt werden. Da konnte jemand einen traditionalistischen Ansatz haben oder einen strukturalistischen, das war alles möglich. Heute ist der Platz dafür verloren gegangen, es fehlt der lange Atem. Das ist sehr, sehr schade. Und ich glaube auch, daß das wiederum Auswirkungen auf den Rezensionsbetrieb haben wird (und schon hat). Langfristig werden wir Mentalitätsveränderungen beobachten. Mit anderen Worten: Die Stimme für das, was unser Interesse an Literatur ausmacht, im begründeten, tieferen Sinne, die scheint verloren zu gehen. Zwar läßt sich im Moment, in der jetzigen Krisensituation, kaum vorhersagen, was in zehn Jahren sein wird. Vielleicht werden dann ganz andere Zeitschriften existieren, in denen wiederum etwas möglich ist, wovon wir jetzt noch gar nichts wissen. Wie gesagt, all diese Bemerkungen vor dem Hintergrund einer nach wie vor recht komfortablen Gesamtsituation.

TILMAN KRAUSE

Da möchte ich gerne Ina Hartwig beipflichten, weil ich auch glaube, wir haben eine etwas schiefe Diskussionslage, wenn wir jetzt den Untergang des Abendlandes ausrufen am Beispiel des Zustandes der Literaturkritik. Ich finde, die Literaturkritik steht im großen und ganzen gar nicht so schlecht da, und ich würde auch gern, obwohl ich ja selber aus dem akademischen Bereich komme und lange überlegt habe, ob ich Spinnens Nummer zwei anstreben soll, den Literaturprofessor also, gegen Nickel und Spinnen hervorheben, daß längst nicht jeder literatur-publizistische Text leisten soll, was Sie legitimerweise von Literaturkritik als ganzer fordern. Da muß ich jetzt auch mal auf das genuin Journalistische kommen. Journalisten sind Kunsthandwerker. Kunsthandwerker finden es schön und spannend, wenn sie sich in verschiedenen Formen tummeln können. Natürlich befürworte ich nach wie vor die Rezension als die Königsdisziplin des literaturkritischen Journalismus. Aber mich reizen auch die Homestory, das persönliche Porträt, die Glosse, der Kommentar, der Buchtip als Herausforderung des Schreibens. Das sind literarpublizistische Formen, die erst in den letzten Jahren entstanden oder zur Entfaltung gekommen sind, und ich begrüße diese Entwicklung. Aber auch da stellt sich natürlich die Frage: Ist es gut gemacht? Darum muß es nach wie vor gehen, wobei »gut gemacht« eben nicht nur bedeutet: gut geschrieben, heute kann ja jeder Idiot »gut schreiben«, sondern auch gut gedacht, also von Kenntnis, Geschmack und literarischer Bildung getragen – die alten, von Henry James formulierten Kriterien also. Aber die Tatsache, daß wir heute nicht nur die langen Riemen haben, für die ja »Die Zeit« so bekannt war, sondern eben auch die Buchtips, die kürzeren und die persönlicher gehaltenen Formen, in der ein journalistischer Autor auch mal zeigen kann, daß er nicht nur mit Texten umgehen, sondern daß er auch auf Wirklichkeiten und Menschen reagieren kann: Das alles ist kein Niedergangs-Symptom, das ist eher ein Fortschritt für die Literaturkritik. Damit will ich gar nicht bestreiten, daß wir im Literaturjournalismus durchaus mit dem Problem des Niveauverlusts zu tun haben. Es ist ja wahr: Junge Kollegen kennen vieles nicht mehr, das für uns zu kennen selbstverständlich war. Sie erarbeiten sich nichts mehr. Es nehmen auch, um mit Botho Strauß zu sprechen, die »Gegenwartsidioten« zu, die nichts einordnen können. Von mangelnder philologischer Sicherheit, von mangelnden Kenntnissen der Nachbardisziplinen, die gerade für die deutsche Literatur immer so wichtig waren, will ich gar nicht reden. Aber der klassische Literaturredakteur, wie er uns beispielsweise in der »Zeit« entgegentrat oder -tritt, war, wenn er nicht gerade Raddatz hieß, auch schon erstaunlich ungebildet, literaturspezialgebildet. Vergessen wir gleichfalls nicht, daß zum Niedergang der Literaturkritik auch der Akademismus beitragen kann, die Art und Weise, Literatur nur aus der Expertenperspektive zu sehen.

WILFRIED F. SCHOELLER
Ich glaube aber doch, daß es eine medienübergreifende Gemeinsamkeit gibt. Das wird sich in den Auswirkungen vielleicht mit unterschiedlicher Geschwindigkeit und auch mit unterschiedlicher Betonung zeigen, aber es bleibt etwas Gemeinsames. Wie kommt der Erfolg der Literatur, der Literaturkritik, des Gesprächs über Literatur in den Medien überhaupt nach dem Zweiten Weltkrieg bei uns zustande? Alle sind wir mit der Vorstellung aufgewachsen, daß das Bildungsbürgertum

durch zwei Weltkriege, durch den Nationalsozialismus und durch das Sowjetsystem erledigt ist. Der Bildungsbürger ist als Träger des literarischen Lebens historisch außer Kraft gesetzt. Mit solchen Sätzen sind wir aufgewachsen. Tatsächlich hatte aber unterhalb dieses Geredes etwas anderes stattgefunden, nämlich die Rekonstruktion des bildungsbürgerlichen Gesprächs, und zwar vor allem in den Medien. Was hat beispielsweise Walter Höllerer in den Sendungen des »Literarischen Colloquiums« gemacht? Der hat mit Kollegen über Gott und die Welt, über die Literatur, über die Moderne usw. gesprochen. Diese Sendungen sind natürlich alle verschwunden, aber wenn man sie heute, von ihren Banalitäten befreit, vorspielen würde, erwiesen sie sich als äußerst symptomatisch. Es sind Surrogatformen des bildungsbürgerlichen Gesprächs, die dazu beigetragen haben, die Sache weiterzuentwickeln und die den Erfolg der Literatur in den Medien garantiert haben. Diese Entwicklung ist jetzt wirklich zu Ende, denn es sind aus der Literatur selber die Antiimpulse gekommen. Man kann nicht ein Jahrzehnt lang von Postmoderne, Posthistoire und Dekonstruktivismus reden und dann davon ausgehen, daß diese Signalsetzungen keine Auswirkungen auf den Literaturbetrieb und auf die Literaturkritik hätten. Es handelt sich um Signale, durch die auch die Moderne als ein Impulsgeber verabschiedet worden ist, ebenso das bildungsbürgerliche Ersatzgespräch in den Medien. Ich glaube also, daß die Literaturkritik Vorstellungen gefolgt ist, die immanent selber zu ihrer Abschaffung bzw. zu ihrer Aushöhlung beitragen. Bei Radio und Fernsehen geht dieser Veränderungsprozeß stürmischer vor sich, denn es gibt eine Konkurrenz, die sich bereits bei ihrer Gründung von allen kulturellen Ansprüchen verabschiedet hat. Diese Art von Konkurrenz gibt es bei den Zeitungen kaum. Der Wettbewerb zwischen öffentlichrechtlichen und Kommerzmedien findet keinesfalls um kulturelle Felder, sondern um Einschaltquoten, um Marktanteile, um die Attraktivität von Werbeplätzen statt. Wenn sich die Konkurrenten darauf beschränken, werden auch die öffentlich-rechtlichen Sender die Farbe des Gegners annehmen und unweigerlich auf deren Standards landen.

TILMAN KRAUSE
Ein kurzer Protest, weil ich glaube, daß das Bildungsbürgertum überhaupt nicht erledigt ist. Ich weiß, das ist das große Projekt Ihrer Generation gewesen, so zu tun, als sei es das. Das hat viel Schaden angerichtet und richtet weiter Schaden an. Das Bildungsbürgertum, das sich ja für alle Kultursparten interessiert und engagiert, und nicht spontimäßig mal ein gutes Buch liest oder mal eines effektvollen Events wegen ins Theater geht, dieses klassische Bildungsbürgertum, das den Begriff Kultur noch mit geistiger Arbeit zu assoziieren bereit ist, hat keine Lobby in den Medien, kommt selten zu Wort in der veröffentlichten Meinung. Trotzdem ist es da. Und wenn es irgendeine Bestandsgarantie für den Kulturjournalismus gibt, dann ist es natürlich das Bildungsbürgertum. Die Krise, die wir gegenwärtig in den Theatern in erster Linie erleben, liegt daran, daß an dieser Schicht vorbeiproduziert worden ist. Jetzt ist das Geschrei groß, weil selbst das langmütige Bildungsbürgertum den Mist, den unberatene Gernegroß-Regisseure ihm vorsetzen, nicht mehr schlucken will. Da bleiben die Theater dann leer, denn es waren die Bildungsbürger, die sie gefüllt haben, nicht die Arbeitslosen und auch nicht die Schicki-Mickis. Die gehen ganz woanders hin. Es ist ein tragisches Mißverständnis zu glauben, das Bildungsbürgertum gebe es nicht mehr und man müsse keine Rücksicht mehr darauf nehmen.

Ich glaube auch, daß diese intensive Auseinandersetzung mit einem neu erscheinenden Buch tatsächlich noch stattfindet in den deutschen Zeitungen. Ina Hartwig hat da recht! Der »Perlentaucher« wertet ja sämtliche Kritiken eines bestimmten Kreises von Zeitungen in Deutschland aus. Er existiert seit vier Jahren, hat tendenziell zu jeder Kritik, die in diesen Zeitungen erschienen ist, eine resümierende Notiz verfaßt, damit etwas im Netz von diesen Kritiken auch übrig bleibt und es ist dadurch inzwischen eine Datenbank von 16.000 Titeln entstanden. Das heißt, daß die deutschsprachigen Zeitungen innerhalb dieser vier Jahre 4.000 Bücher jährlich rezensiert haben, nicht alle im Feuilleton, da sind auch politische Bücher darunter, da sind auch Wirtschaftsbücher darunter, aber die stellen doch die Minderheit. Und ich glaube, daß es im Unterschied zur korrupten Literaturkritik etwa in Frankreich und in anderen romanischen Ländern hier noch einen Ernst in der Literaturkritik gibt. Ich selber habe das erlebt, z.B. in einer Figur, die vielleicht randständig ist in der deutschen Literaturgeschichte, die ich entdeckt habe im letzten Jahr durch eine Kritik in der Zeitung, ich weiß gar nicht mehr in welcher, nämlich Béla Balázs. Balázs' Jugenderinnerungen »Die Jugend eines Träumers« waren für mich eines der größten Leseerlebnisse überhaupt in den letzten Jahren. Sie sind in einem winzigen Verlag erschienen, »Das Arsenal«. Sie wurden von drei, vier Kritikern ernsthaft und glaubhaft gefeiert. So bin ich darauf gestoßen. Man kann die Notizen dazu im »Perlentaucher« noch nachlesen. Nun ist allerdings dieses Buch nicht bei Frau Heidenreich empfohlen worden und hat also nicht die Karriere gemacht, die es verdient hätte. Wenn Frau Heidenreich das Buch hochgehalten und gesagt hätte: »Kein Durchhänger, auf vierhundert Seiten kein Durchhänger!«, dann hätte dieses Buch eine Auflage von 100.000 Exemplaren gehabt. Das sind die Bedingungen, über die wir reden müssen, aber das ist ja auch schon angesprochen worden. Wir haben alle eingesehen, daß wir hier auf einer Kummerhaut leben, und ich glaube, man muß das als einen Appell zur Erfindungskraft verstehen. Die Zeitungen müssen auch neue Formen finden, sich mit Literatur auseinanderzusetzen. »Die Literarische Welt« macht das eigentlich vor: Sie gewichtet, sie bündelt. Es gibt nämlich eine Krankheit in den deutschen Medien. Das gilt sowohl für den Rundfunk als auch für die Zeitungen, daß die Buchkritik jene Textsorte darstellt, die weggedruckt wird. Diese Artikel liegen auf Halde und werden dann ohne größere Gewichtung, ohne größeres Nachdenken weggedruckt. Mir ist häufiger aufgefallen, daß Zeitungen ganz schlecht auf Ereignisse reagiert haben, zum Beispiel ein Ereignis ersten Grades für die intellektuelle Auseinandersetzung, wie z.B. den 11. September. Da sind die Zeitungen nicht mit Dossiers gekommen, die sagten: »So, welches sind die drei oder vier Bücher, die man jetzt dazu lesen muß?« Auf den politischen Buchseiten der »Frankfurter Allgemeinen Zeitung« wurde ganz routiniert das übliche Zeug immerzu weiterbesprochen. Das übliche Zeug, das sind die »Akten des Auswärtigen Amtes des Jahres 1957« oder es gab sehr viel Auseinandersetzung mit Spezialproblemen des Nationalsozialismus oder auch der DDR. Seltsamerweise gab es aber nie die Spezialseite, die Sonderseite aus gegebenem Anlaß, die sagte: »Es gibt drei Bücher über die Geschichte Afghanistans, die Sie vielleicht lesen sollten. Es gibt zwei Bücher, die sich mit dem Terrorismus auseinandersetzen, die Sie vielleicht lesen sollten. Es gibt zwei Philosophen, die über diese Situation nachgedacht haben, die man vielleicht dazu interviewen sollte« oder ähnliches. Das heißt, das Feuilleton versinkt auch in Routine. Nun müssen wir uns das auch von außen angucken, d.h. von den Lesern her. Wo informieren sich die Leser über Bücher? Nicht mehr so häufig in den Feuilletons der großen Zeitungen, das ist einfach etwas, was man konstatieren muß, sondern ganz, ganz stark im Internet, das von Ihnen bislang gar nicht angesprochen worden ist. Es gibt Statistiken, die sagen, dreißig Prozent aller Buchkäufe geht eine Online-Recherche voraus, das heißt, dreißig Prozent aller Käufe eines Buches im Internet oder in irgendeinem Buchladen geht voraus, daß die Leser im Internet herumgucken. Wo gucken sie? Entweder gleich bei »Amazon« oder bei »Google«. Bei »Google« stoßen sie dann vielleicht z.B. auf den »Perlentaucher« und kommen dann vom »Perlentaucher« überhaupt erst auf die Information, daß es zu diesem Buch auch eine Kritik in der »Frankfurter Rundschau« oder so gab. Eigentlich ist da schon die Entwicklung am Feuilleton vorbeigegangen, die Feuilletons haben sich darauf überhaupt nicht eingerichtet und damit auch überhaupt nicht auseinandergesetzt. Das Verhältnis der traditionellen Medien zum Internet ist leider geprägt von ganz großer Ignoranz, und die Tatsache, daß Sie sich da auf einer Kummerhaut bewegen, hat auch damit zu tun, daß Sie diese neuen Gegebenheiten nicht reflektiert haben, was kein Plädoyer für eine Kommerzialisierung oder für den bloßen Buchtip ist, ganz im Gegenteil.

INA HARTWIG
Zwei Dinge würde ich gern sagen, die ich versuchsweise miteinander verbinde. Zuerst möchte ich Tilman Krause gerne widersprechen. Dieses Beschwören des Bildungsbürgertums, lieber Tilman, bringt uns gar nichts meiner Meinung nach. Tust du das nicht letztlich nur für dich selbst?

TILMAN KRAUSE
Das tue ich für meine Leser!

INA HARTWIG
Weil es deinen Lesern gefällt, wenn du es beschwörst!

TILMAN KRAUSE
Natürlich! Das ist ja auch ihr gutes Recht. Ich arbeite nicht für eine linke Zeitung, sondern für eine bürgerliche. Das wäre ja noch schöner, wenn ich an den Interessen des Publikums vorbeischreiben würde, das tun schließlich schon genug andere Kollegen!

INA HARTWIG
Mir erscheint es realistischer, sich einzugestehen, daß, wer sich mit Literatur und kulturellen und intellektuellen Fragen beschäftigt, ohnehin in der Minderheit ist und sich immer schon in der Minderheit befunden hat. Man sollte nicht glauben, einer Mehrheit anzugehören. Man sollte das auch gar nicht wollen, sondern in diesem Bewußtsein seine Arbeit machen.

THIERRY CHERVEL
Das finde ich aber auch gefährlich, man sollte sich nicht einfach damit abfinden.

INA HARTWIG
Von wegen Bildungsbürgertum. Ich komme noch einmal auf Deutschland zurück, wo es dank dir und anderen, lieber Thierry, ja den »Perlentaucher« gibt. In keinem anderen Land der Welt existiert etwas Vergleichbares, und daß der »Perlentaucher« so derartig erfolgreich ist, spricht nicht gerade gegen das kulturelle Interesse hierzulande, sondern es spricht für dieses Interesse; ob das nun großbürgerlich angehaucht ist oder auch nicht, ist ja ganz egal. Wichtig ist: Dieses Interesse ist vorhanden und der »Perlentaucher« ist als Medium einzigartig, weil er zugleich so etwas wie die »Kritik der Kritik« betreibt, um den Zeitschriftentitel von 1906, den Sie vorhin erwähn-

ten, Herr Nickel, aufzugreifen. Genau das ist es, was im »Perlentaucher« stattfindet, wenn dieser die täglichen Feuilletons auswertet. Diese Mischung aus Resümee und »Kritik der Kritik«, die finde ich sehr interessant, auch als neues Meta-Genre. Zum anderen ist der »Perlentaucher« so etwas wie die Supervision der Feuilletons. Denn ihr resümiert ja tatsächlich nicht nur, gebt nicht nur einen Überblick, sondern ab und zu verkneift ihr euch euren giftigen Kommentar nicht. Das ist manchmal gerechtfertigt, manchmal nicht, darüber ärgern sich dann auch die Feuilletons – sehr spannend unter dem Gesichtspunkt eines »Internetsalons« einer bestimmten Szene. Daß wir als Printmedien darauf überhaupt nicht reagieren, dem möchte ich dann aber doch scharf widersprechen, denn es sind ja schließlich die in den Printmedien gedruckten Kritiken, die ihr auswertet. Und wenn der Leser über das Internet am Ende, etwa über die »Google«-Recherche, bei unserer Rezension landet, dann soll mir das doch sehr recht sein. Das Problem ist nur, daß die Zeitungen damit nichts mehr verdienen und daß damit die materielle Grundlage meiner Arbeit in den Printmedien bedroht ist. Aber ganz im Prinzip ist natürlich die Multiplizierung der Wege nur erfreulich.

THIERRY CHERVEL

Also, das Geldverdienen im Internet, das kann ich aus eigener Erfahrung bestätigen, ist nicht einfach, aber der Leser stößt über uns auf die Spur eines Artikels, der selbst bei der »Frankfurter Rundschau« so gar nicht mehr verzeichnet ist, auch nicht in der Form, daß man sagt: »Okay, also hier gibt es einen super Artikel über Balázs, die ersten fünf Zeilen kriegst du zu lesen und jetzt kostet es 1,50.« Das habt ihr nicht hingekriegt.

INA HARTWIG

Das stimmt.

THIERRY CHERVEL
Die »Frankfurter Rundschau« hätte ja einfach zu uns kommen und sagen können: »Leg' doch einen Link auf den Artikel in unserem Archiv« und wir sagen: »Gut, 1,50 und wir teilen uns die Einnahmen.« Das heißt, ihr habt überhaupt nicht in der Logik dieses neuen Mediums gedacht und das ist ein ganz großes Problem. Ein anderes Problem ist: Es gibt diese tolle Qualität der Literaturkritik und auch der öffentlichen Auseinandersetzung in den Feuilletons und doch sind ganz bestimmte säkulare Entwicklungen von ihm seltsam wenig reflektiert worden. Zum Beispiel halte ich es nicht nur für ein Thema der Wirtschaftsseiten, wenn »Amazon« innerhalb von fünf Jahren aus dem Nichts zum größten Buchhändler Deutschlands aufsteigt. Und »Amazon« ist ja nicht nur ein Buchhandel, der schlägt nicht nur Bücher um, sondern »Amazon« ist auch ein Medium, da haben sich neue Formen entwickelt, über die man so oder so denken kann. Ich meine ja auch nicht, daß die Leserkritik die Kritik in den Zeitungen ersetzt, ich glaube nur, daß die Zeitungen sich ganz stark mit diesen neuen Gegebenheiten auseinandersetzen müssen und daß sie statt dessen immer noch eher mit so einer Selbstvergewisserung eines Milieus beschäftigt sind. Die »Suhrkamp-Affäre«, die »Walser-Affäre« zeigen, daß das Milieu unglaublich im eigenen Saft kocht.

GUNTHER NICKEL
Ich muß hier kurz einhaken. Ich teile die Zuversicht im Hinblick auf das Internet nicht. Einrichtungen wie »perlentaucher.de« und »literaturkritik.de« sind zwar eine schöne Sache, aber was doch dominiert, sind Laienkritiken wie die »Top 500« oder »Top 1000«-Rezensenten bei »Amazon«, deren Bewertungskriterien oft hanebüchen sind. Was einst der Traum von Brecht und Benjamin war, daß jeder seine Meinung publizieren

kann, ist hier auf eine fatale Weise Wirklichkeit geworden. Diese Leserrezensionen oder auch die Kurztexte, die Sie bei »Ebay«-Auktionen lesen können, sind oft nur ein Beweis für die Krise des Bildungssystems, und deshalb wundert mich auch die Zuversicht von Tilman Krause. Wenn Sie – und ich mache das einmal in der Woche – an der Universität unterrichten und mit den Kollegen dort sprechen, ob man ein Seminar zur Gegenwartsliteratur anbieten sollte, dann raten Ihnen diese Kollegen durch die Bank ab, und zwar aus folgendem Grund: Es ist offenbar nicht mehr so, wie es bei den Eingangsstatements zum Ausdruck kam, daß ein Kompensationsverlangen junge Leute zur Literatur führt und das mitunter sogar für die Berufswahl entscheidend wird, sondern Literatur wird – von angehenden Germanisten wohlgemerkt – überwiegend aus Verlegenheit studiert und dabei in hohem Maße für Projektionen genutzt. Dazu eignet Gegenwartsliteratur sich offenbar besser als ältere Texte. Deshalb greift man als Lehrender am Ende doch lieber auf historische Texte zurück, um das Identifikationspotential wenigstens etwas zu mindern und einen analytischen Blick zu schärfen. Daß sich die Seminardiskussionen zum Teil auf einem erschreckenden Niveau bewegen, was Ihnen viele an den Universitäten bestätigen werden, zeigt ja nur die Spitze des Eisbergs »Bildungskrise«. Für die Literaturkritik, so fürchte ich, bricht langsam aber sicher das Publikum weg, ein kritisch-differenzierendes Urteil will niemand mehr hören, sondern entscheidend ist der Spaßfaktor.

TILMAN KRAUSE

Das ist natürlich richtig, die Bildungsvoraussetzungen fehlen dazu. Ein Thema, das wir noch vertiefen sollten. Aber das andere Thema, das dem teilweise widerspricht, hat Thierry Chervel in seinen beiden Statements sehr deutlich herausgestellt. Es hat sich das literarische Feld in sich verändert, so daß die Ereignishaftigkeit, dieses schöne Wort von Ihnen greife ich jetzt auf, stärker in die Feuilletons eingehen muß. Das erwarten heute die Chefredakteure von ihren Feuilletonisten. Der neue Walser, der eine Auseinandersetzung mit Reich-Ranicki bringt, der neue Thor Kunkel, der plötzlich diese Debatte um Kriegsgewinnler und Neben-Nazi-Milieus im »Dritten Reich« aufwirft, die Querelen im Hause Suhrkamp: Das alles will man heute in der Zeitung haben, am besten noch, bevor die entsprechenden Bücher da sind. Das kann man blöd finden, und ich finde es weiß Gott blöd, aber man muß diese Erwartung bedienen. Da wirkt eine Unsicherheit, weil wir eben diesen Paradigmenwechsel erleben. Wir rücken, was man sehr beklagen kann, von den Büchern stärker weg – hin zu den Ereignissen, zu den Personen, zu den Debatten. Anderes schiebt sich nun vor diesen hochdiffizilen und hochdifferenzierten Vorgang des Lesens und des Schreibens über das Lesen, den eben die klassische Literaturkritik geleistet hat und natürlich weiterhin leisten muß. Nur, ich möchte Sie bitten zu realisieren, daß die Formen, die wir jetzt probieren im Journalismus, etwas zu tun haben mit einer Neujustierung des literarischen Feldes. Und natürlich hat diese Neujustierung des literarischen Feldes auch etwas damit zu tun, daß Figuren wie Elke Heidenreich plötzlich möglich werden, die ja auch einem Bedarf entgegenkommt, einem Typ Leser, den wir klassischen Literaturredakteure, die möglicherweise auch noch aus der Wissenschaft kommen, nicht so richtig auf der Rechnung hatten: unintellektuelle Leser eben, die übrigens nicht alle Schriftsteller verachtet haben. Ich darf Thomas Mann zitieren: »Mich verlangt auch nach den Dummen.« Wir haben die Dummen vernachlässigt, nun kümmert sich Elke Heidenreich um die Dummen. Dazu hat sie noch diese herrlich authentische Unterschichten-Anmutung, die niemanden einschüchtert. Eine Putzfrau, die auch den Büchertisch aufräumt. Die will das große Publikum offenbar lieber als den Literatur-Guru mit akademischen Weihen. Wir leben damit aber – finde ich – in einer Situation, die pluraler ist als vor zehn oder fünfzehn Jahren. Wir müssen auch die Chancen darin erkennen und sagen, daß z.B. Journalisten gar nicht anders können als diese neuen Formen auch zu bedienen, was natürlich niemals heißen darf, daß die Königsdisziplin, also die klassische Rezension, untergehen darf. Wir müssen eben alle vielseitiger werden, und wir sind es ja auch schon geworden, vielseitiger als vor zehn, fünfzehn Jahren jedenfalls. Das erlebe ich auch als Bereicherung.

WILFRIED F. SCHOELLER
Es sind jetzt so viele Stichworte auf diesem Weg gewesen und die sind alle sogleich wieder am Weg liegengeblieben, daß ich ein bißchen zurückgreifen will. Bevor wir uns hier verabschieden mit der Vorstellung, daß es in Deutschland doch noch besser ist als irgendwo anders, was ich – nach meiner Kenntnis – sofort bestätigen würde, will ich doch feststellen, daß wirklich etwas zu Ende geht. In den letzten zwei Jahren sind die Veränderungsprozesse im Radio viel größer gewesen als in den Jahrzehnten zuvor, man muß es nur wahrnehmen. Es ist nicht eine Frage der Klage, man muß es nur kühl feststellen. Drei, vier Prozesse spielen eine Rolle und die sind noch nicht abgeschlossen. Der erste Vorgang: die Ersetzung der Kritik durch sogenannte Kurzkritiken, die nur noch Tips sein können und die nicht einmal einen Handlungsablauf eines Romans darstellen, weil zwei, drei Minuten zu wenig dafür sind. Das heißt also: alles auf anderthalb Blatt reduzieren. Wenn man sich das mal übersetzt in die Zeitung, es würde nichts mehr erlaubt sein als dieser schmale Umfang – das wäre einfach unerträglich. Der zweite Vorgang bezieht sich auf die sogenannte »Entwortung« des Radios; er geht einher mit einer Um-

formulierung der Aufgabe. Nicht mehr das Einschaltprogramm steht zur Debatte, sondern das Radio als »Begleitmedium«. Der Hörfunk wird zunehmend von den Ideologen dieser Strukturveränderung in den Griff genommen. Sie alle sind übrigens nicht, was sie behaupten, nämlich »jung«, sie sind nicht zwanzig oder dreißig. Sie gehören einer Generation an, der Generation der Vierzigjährigen. Für mich besteht die PISA-Generation aus denjenigen, die sich, im großen Gestenkampf gegen die 68er befangen, nichts Eigenes erworben haben und die jetzt die Lebensschwäche aller Inhalte propagieren. Die werden dann Wellenchefs und von ihnen wird Kompetenz ausgetrieben. Das wird sehr systematisch getan. Ausscheidende Fachredakteure werden nicht mehr ersetzt. An ihre Stelle treten eben Leute, die dann auch mal ein Buch gelesen haben, die können ja auch intelligent, sympathisch und weiß Gott was alles sein, aber sie haben kein Fachwissen. Wer fachliche Kompetenz hat, ist an spezifischen Inhalten und Sendeformen interessiert; so sind diese Leute erzogen worden, so haben sie sich selber erzogen oder konstruiert. Das sind also sozusagen Leute, die die Durchlässigkeit des Programms, die rasche Veränderbarkeit des Programms, die Sucht zur Magazinitis nicht mitmachen, weil sie auf bestimmten Sachen bestehen. Und natürlich bestehen sie dummerweise immer auf Sprache, das ist irgendwie ein Fehler, ein Konstruktionsfehler und der muß im Sinne der »Durchhörbarkeit« von Programmen, also im Sinne des angenehmen Plätscherns, behoben werden. Ein weiterer Punkt wird auch die Zeitungen betreffen. Es gibt innerhalb der ARD gewisse Vorstellungen von Monopolisierung. Wir hören jetzt immer mehr von der Monopolbildung der Zeitungskonzerne. In der ARD gibt es bereits Pläne, eine Zentralredaktion für Kultur zu schaffen und dann mit wenigen Leuten und einer Art Zuliefererbetrieb die dann stark homogenisierten Programme zu bestücken. Diese Vorstellung kann, wenn sie praktiziert wird, sehr rasch auf die Presse übergreifen. Da handelt es sich um konkrete Angelegenheiten, die unseren Zorn erregen müssen. Wenn man sich nicht vor Augen führt, was da passieren kann, hat man gleich von vornherein verloren. Nun können wir sagen, es gibt immer noch Literaturkritiken und in Deutschland ist die Tradition so groß, daß die Königsdisziplin immer mit Königen und Königinnen ausgefüllt sein wird und Meinungsreiche gegründet werden. Tatsächlich aber sind die Veränderungsprozesse so rabiat, daß auch die Zeitungen nicht mehr von einer *splendid isolation* reden können.

TILMAN KRAUSE
Jetzt muß ich mal was ganz Ketzerisches sagen: Ich kann mich offen gestanden nicht über den Verlust der Formate im Rundfunk von vier Minuten auf eine oder von sechs Minuten auf zwei erzürnen. Ich habe großes Mitgefühl für die Kollegen, die im Rundfunk arbeiten und die nicht mehr machen können, was sie wollen. Aber ich muß sagen, ich habe noch nie eine Rundfunkkritik gehört, die geleistet hätte, was eine Printkritik leistet.

WILFRIED F. SCHOELLER
Was reden Sie denn? Die ist doch oft identisch!

TILMAN KRAUSE
Aber – *the medium is the massage* – Lieber! Wenn ich etwas im Radio höre, höre ich es nicht mit der Aufmerksamkeit auf die schreiberischen Prozesse und auf die rezeptionellen Prozesse, die ich aufbringen kann, wenn ich etwas lese. Daß viele Kritiken durch den Rundfunk genudelt worden sind, das mag ja sein. Aber geistige Auseinandersetzung ist mit dem akustischen Medium nicht zu haben. Ich glaube, daß der Rundfunk mit seinen Kulturprogrammen eine aussterbende Angelegenheit ist. Das

muß man dann auch mal akzeptieren, wenn die Zeit um ist.

WILFRIED F. SCHOELLER
Das ist nackter Voluntarismus, das führt doch zu nichts!

FRAUKE MEYER-GOSAU
Ich glaube, es führt aber auch zu nichts, wenn wir diesen Graben jetzt noch vertiefen. Fragen wir mal Herrn Spinnen, ob er Herrn Krause beispringen möchte. Und dann möchte Herr Chervel noch etwas dazu sagen.

BURKHARD SPINNEN
Nein, lassen Sie ihn lieber zuerst sprechen, er zeigte da einen leidenschaftlicheren Impetus.

THIERRY CHERVEL
Warum hören die Leute Hörbücher? Weil es nur noch Formatradio gibt. Also ich höre zu Hause viel lieber Wortsendungen, ich habe lieber eine sechsminütige Kritik, wenn sie gut gemacht ist, als einen Wechsel von Chopin-Mazurken und Piazzola-Tangos. Ich höre gern Chopin-Mazurken und Piazzola-Tangos, aber nicht in diesem Dudelformat.

TILMAN KRAUSE
Ich höre gern 60-minütige Sendungen.

THIERRY CHERVEL
Ja, ich höre auch sehr gerne 60-minütige Sendungen. Die kriegen Sie nur noch als Hörbuch.

TILMAN KRAUSE
Das Hörbuch ist eine andere Kategorie!

FRAUKE MEYER-GOSAU

Ich würde mir wünschen, jetzt doch einen etwas kälteren Blick auf die Verhältnisse, wie sie real geworden sind, zu werfen. Ich denke auch, man kann das betrauern als nunmehr ehemaliger Radiohörer, bestimmte Formate nicht mehr vorzufinden. Meine Frage ist aber immer – und dazu hatte ja Thierry Chervel vorhin auch schon einiges gesagt –: Wo geht die Reise denn eigentlich hin? Was bietet sich an neuen Ausdrucksmöglichkeiten? Sie haben gesagt, auch die Formate im Schreiben verändern sich ja, und man kann sicherlich nicht davon ausgehen, daß das ein einfaches Sichranwanzen an ein imaginäres Publikum ist, sondern es erfordern eben auch die Materialien, mit denen wir zu tun haben, sie teilweise ganz anders zu erzählen und anders anzugehen. Ich will zum Abschluß dieser Runde eine Frage an alle richten, nämlich: Wie und wo sehen Sie speziell in Ihrem jeweiligen Bereich den künftigen Ort der Literaturkritik? Und beweinen Sie das oder nicht?

BURKHARD SPINNEN

Dazu würde ich jetzt lieber etwas sagen. Also, die Kritik und die Vermittlung von Literatur sind ja nicht ganz losgelöst zu denken von ihrem Gegenstand, sprich der Literatur. Jede Literatur kriegt die Literaturkritik, die sie verdient. Das ist ein wohlfeiler Satz, aber es ist was Wahres daran. Anfang der 1990er Jahre hat es eine Bewegung und eine Bewegtheit in der deutschen Literatur gegeben, die – Herr Nickel, Sie sagten das – nicht zuletzt auch politisch zumindest stimuliert oder katalysiert wurde. Ich habe damals angefangen zu schreiben und habe ehrlich gedacht: Das geht jetzt so weiter! Jetzt wird es richtig heftig! Jetzt liegen wir ganz eng an der Geschichte dran und begleiten die mit permanent revolutionären, ästhetischen Konzepten und Strömungen, und die sind dann auch journalistisch begleitet von der Wahrnehmung solcher Fraktionsbildungen etc. etc. Aber ich habe in den letzten Jahren eigentlich nur beobachten können, was hier nicht funktioniert hat. Nicht funktioniert hat z.B. eine Organisation literarischer Debatten über das Internet. Wir müssen jetzt allmählich lernen, wofür das Internet alles nicht gut ist. Das Internet ist hervorragend für »Perlentaucher«, »Perlentaucher« hat mein Leben verändert, man wird dadurch zu einer Art »Informationsgott«! XY hat ein neues Buch, wie ist denn das so in der Presse angekommen? Früher rief ich meinen Verleger an und der sagte: »Ach, weiß ich nicht, da muß ich mal jemanden fragen, da habe ich nicht so hinterher geguckt, hat mich nicht so interessiert!« Heute dauert es zehn Minuten, und ich habe quasi alle Adressen, alle Richtungen, alle Trends der Besprechung dazu – ganz tolle Sache! Was auch nicht funktioniert im Internet ist Literatur selbst, literarische Fraktionsbildung, literarische Programme, Literaturgesellschaften, -salons usw. usw. Ich bin an diesem Scheitern zwar nicht persönlich beteiligt gewesen, na ja, sagen wir mal nur ein bißchen. Aber ich war am Anfang immer schon zu schwach, die Idee mittragen zu können. Vielleicht habe ich so eine »Scheiternsantenne«, ich sehe immer gleich, wenn es nicht funktioniert. Und vieles hat nicht funktioniert im Internet. Aber es könnte anderswo funktionieren! Und wir können der Kritik nicht den Vorwurf machen, daß der große Essay keinen Raum mehr findet, wenn die Literatur und das, was in der Literatur passiert, den großen Essay nicht anbietet. Die Literatur hat hingegen in den letzten zehn Jahren Homestories angeboten, ob sie es wollte oder nicht. Es hat sich eine ganze Autorinnen- und Autorengeneration partiell dazu verleiten lassen, ein Ich- und ein Literaturbild vorzuführen, das der Konzeption eines neuen Bildungsbürgertums diametral entgegensteht und das sich vielmehr auf populäre Strukturen, auf Popstrukturen, eingelassen hat. Damit macht man der Literaturkritik die

Arbeit schwierig. Was hat Benjamin gesagt: »Was bin ich? Stratege im Literaturkampf!« Dafür muß man aber auch Fraktionen ausmachen und sie als solche benennen können – und diese Fraktionen müssen dafür auch eine gewisse Dankbarkeit entwickeln. Wenn Herr Krause Herrn Händler, Frau Röggla und mich morgen zusammenschweißt, zu einer Art Stoffavantgarde im ökonomischen Literaturbereich oder so etwas, dann würde ich mitmachen, sei es, indem ich mich vehement dagegen wehrte oder sonst irgendwie. Aber ich könnte etwas aufrichten zusammen mit der Kritik in einem produktiven Wechselspiel, das dieses Hopsen von Event zu Event, nicht von Stoff zu Stoff, sondern von Stöffchen zu Stöffchen, überschreiten würde. Kein Popkünstler aber will mit einem anderen in einem Atemzug genannt werden. Erwähnen Sie vor den »Spice Girls« »Atomic Kitten«, und die kratzen denen die Augen aus. Und da muß sich die Literatur auch schwer an die eigene Nase fassen. Es dient vielleicht nicht der eigenen Vermarktung, dem eigenen Marketing, sich auf solche längerfristigen ästhetischen Konzepte einzulassen, aber es schadet der Veranstaltung Literatur im ganzen.

FRAUKE MEYER-GOSAU
Herr Nickel, eine Prognose.

GUNTHER NICKEL
Die Hauptarbeit des Literaturfonds, die Autorenförderung durch Arbeitsstipendien, wird durch das, was in der Literaturkritik passiert oder nicht passiert, kaum beeinflußt. Natürlich beobachten wir die allgemeine Entwicklung auf dem Literaturmarkt mit Sorge und wir haben inzwischen auch beschlossen, daß wir uns um sie kümmern wollen. Diese Veranstaltung ist ja ein erstes Ergebnis dieses Beschlusses. Was die Zukunftsaussichten angeht, so teile ich Tilman Krauses Optimismus nicht. Ich sehe wie

Herr Schoeller, daß in den Rundfunkanstalten die Programmplätze kleiner werden, und ich sehe, daß auch im Zeitungsbereich die Monopolisierung zunimmt. Es ist ja nicht nur so, daß »Handelsblatt« und »Tagesspiegel« zusammenarbeiten, sondern zum Beispiel auch die »Morgenpost« und »Die Welt«. Dieser Konzentrationsprozeß, das zeichnet sich ja schon ab, wird weiter voranschreiten, weil – wie ich es eingangs zu entwickeln versucht habe – immer mehr ökonomische Effizienzkriterien bestimmen, was in den Zeitungen und Zeitschriften gedruckt werden kann. Die Feuilleton-Lesequote ist sehr gering, durch die Einkünfte aus Stellenanzeigen, die ins Internet abgewandert sind, kann das Feuilleton nicht mehr subventioniert werden, und daher wird man Geld nur in die Teile der Zeitungen stecken, die eine hohe Leserresonanz haben. Die Prognose lautet also: Der Umfang der Feuilletons wird weiter abschmelzen und die Autoren werden immer mühsamer den Weg zum Publikum finden.

WILFRIED F. SCHOELLER
Das Problem hat als innerkünstlerischer Prozeß begonnen – mit dem Ende der Gültigkeit der Moderne. Nun könnte man sagen, die Moderne läuft einfach weiter, man muß ja nur mal sehen, was am 11. September in New York passiert ist. Das ist sozusagen die genaue Erfüllung dessen, was André Breton 1926 oder 1928 im surrealistischen Manifest gefordert hat: *terreur*. Jedenfalls könnte man solche Verbindungslinien ziehen. Vielleicht müßten wir einfach die Vorstellung zurückgewinnen, daß wir nicht für jedermann unsere Arbeit abliefern, daß wir uns als eine Vorhut begreifen. Mir hat das, was Frau Hartwig vorher angedeutet hat: daß wir vielleicht in einer etwas arroganten Position sein könnten oder sogar wieder in einem neuen Elfenbeinturm – alles schwer besetzte Wörter, moralisch hoch besetzte Wörter, die man ungern in den Mund nimmt –, sehr gefallen. Und wir müßten viel-

leicht ein Bewußtsein jenseits dieser Möglichkeiten, die da heißen: immer in den Markt eingreifen, den Markt beeinflussen wollen, finden oder wenigstens suchen. Das zweite ist, daß die Moderne in gewisser Hinsicht abgelöst worden ist, aber wodurch ist sie ersetzt worden? Durch einen ziemlich globalen Raum. Wir haben heute sehr viel mehr Übersetzungen als wir sie vor zwanzig, dreißig Jahren hatten. Als ich jung war, gab es überhaupt nur ein bißchen was aus Frankreich und ein bißchen was aus England und Amerika in der Nachholbewegung; wenige ausländische Schlüsseltexte haben die Nachkriegskultur bestimmt. Heute können wir mit einem viel größeren Reichtum rechnen. Ich habe im Fernsehen mal eine Reihe »Europäische Erzähler« erfunden; da konnten wir rund dreißig Autoren vorstellen. Und wir waren, als es keine Mittel mehr für weitere dieser Filme gab, noch längst nicht am Ende. Von dieser Position der Vielfalt und des Reichtums, den beispielsweise das Fernsehen der 1990er Jahre noch abbilden wollte, sollten wir weiterrechnen. Vielleicht ist die Moderne ersetzt worden durch einen enorm vergrößerten Raum und in ihm die unterschiedlichsten Schreibweisen. Wenn wir nicht immer nur auf das Letzterschienene starren, auf den kleinsten Debütanten, auf die allerakuteste schreibende Ich-AG, die sich erst noch entwickeln muß und die unter dem Diktum steht, möglichst unterhaltsam sein zu wollen, wenn wir das alles ein bißchen weglassen und statt dessen fragen: wo sind die größeren Werke, wo sind die Bücher, mit denen wir uns wirklich beschäftigen wollen, weil sie irgendwie in unser Leben eingreifen, weil sie unseren eigenen Wünschen eher entsprechen als es der Markt allein vermag, dann gewinnt die Literaturkritik Reichweite zurück und vor allen Dingen Autorität. Demokratischer wird sie da bestimmt nicht, Herr Nickel hat das ja am Anfang gesagt, aber vielleicht muß man nicht immer alle egalitären Vorstellungen befriedigen, vielleicht reicht es auch, wenn man das ausdrückt und das zum Programm macht, was einen wirklich interessiert. Dann sind wir vielleicht noch nicht bei den Lesern, noch nicht bei den Zuhörern, noch nicht bei den Zuschauern, aber wir sind wenigstens bei uns und das sind vielleicht doch die stabilsten Größen.

INA HARTWIG

Das war ja nun fast ein wunderschönes Schlußwort, was soll man da noch sagen? Also ich kann das nur unterstreichen, daß das eigene Interesse, meinetwegen die eigene Leidenschaft, wenngleich das vielleicht doch etwas zu pathetisch klingt angesichts des Alltags, den man immer so erlebt, aber daß das doch der Leitfaden der eigenen Arbeit sein sollte, und da muß ich auch relativ nüchtern feststellen, daß bei vielen Kollegen festzustellen ist, daß sie die Reichhaltigkeit des literarischen und auch des Sachbuchangebots z.T. überhaupt gar nicht wahrnehmen, statt dessen viel zu viel fernsehen. Da bin ich wirklich ganz kulturkonservativ: Die Feuilletonredakteure sehen alle viel zu viel fern, schreiben dann im Feuilleton wiederum darüber, was sie im Fernsehen gesehen haben und halten das für Gesellschaftskritik oder Gesellschaftsanalyse. Eine ganz fatale Entwicklung, die Gott sei Dank die Literaturkritik so gar nicht betrifft. Bei der Literaturkritik vermute ich, daß die Ausdifferenzierung, die im Moment stattfindet, weitergehen wird, also das Fernsehen eine noch größere Rolle spielt als jetzt schon. Wobei man sich das auch einmal immanent angucken muß, was Elke Heidenreich in ihrer Sendung »Lesen!« macht. Sie haben das vorhin, Herr Nickel, polemisch dahingehend zugespitzt, daß man auch sagen könnte, die Sendung könnte auch »Kaufen!« heißen. Das sehe ich nicht so. Elke Heidenreich arbeitet, glaube ich, aufgrund ihrer unglaublichen emotionalen Intelligenz an einem Lesebegriff, der auch aufweichend wirken könnte und das Lesen wieder in breiteren Gesellschaftsschichten zu einem Wert deklariert. Vielleicht ist das gar nicht so schlecht. Und abgesehen davon scheinen die Verlage das auch bitter nötig zu haben, denn nur wenn sie Bestseller in ihrem Programm haben, können sie wiederum andere Bücher finanzieren. Es scheint mir ohnehin so zu sein, daß ein Verlagsvertreter auf diesem Podium hätte sitzen müssen, weil die materielle Basis oder der materielle Zusammenhang von Literaturkritik einerseits und Verlagsarbeit andererseits ja hier überhaupt nicht besprochen worden ist. Wir leben natürlich von dem, was die Verlage produzieren, was sie ausspucken, und da kann man wirklich nur nochmals Wilfried F. Schoeller zustimmen, daß das Niveau der Übersetzungen und auch die Anzahl der hervorragenden Übersetzungen in Deutschland, besonders hoch ist. Das muß man einfach konstatieren, das ist keine Selbstverständlichkeit, das hat es nicht immer gegeben. Da kann ich mich seiner Hoffnung nur anschließen, daß wir dieses Niveau auch auf der Verlagsebene halten. Und das ist dann unsere Aufgabe, darauf zu reagieren, entsprechend dem Platz, den wir zur Verfügung gestellt bekommen, aber das wird schlicht und ergreifend von uns abhängen.

TILMAN KRAUSE
Ich kann jeden Satz, der jetzt von Ina Hartwig und Wilfried F. Schoeller gesagt worden ist, unterschreiben. Ich will vielleicht nur zwei Begriffe nochmals aufgreifen. Ausdifferenzierung halte ich ganz klar für eine Perspektive der Zukunft. Wir sehen es z.B., wenn ich unbescheidener Weise mit uns anfangen darf, bei der »Welt«: Die »Literarische Welt« ist im Grunde eine Nische innerhalb der Zeitung »Die Welt«. Wir sehen die Ausdifferenzierung an den »Literaturen«, im Moment der größten Krise geboren, aber dennoch ein Erfolgsprodukt. Ich denke mir auch, daß etwas wiederbelebt werden wird, was die Jahrhundertwende gekennzeichnet hat, um auch noch

einen Bogen zu schlagen zur *tour d'horizon* von Gunther Nickel. Ich glaube, wir werden auch die Wiedergründung rein literarischer Zeitschriften erleben. Ich glaube, die Literatur wird sich zurückziehen und das literaturbegeisterte Publikum, das echte Leserpublikum, wird sich zurückziehen in seine Nischen und vollkommen unbetroffen von einer Elke Heidenreich, die auch – ganz klar – ihre Berechtigung hat, wird diese Literatur für anspruchsvolle Leser ihre Nische finden. Ich glaube, das Stichwort im Moment muß das Gesundschrumpfen sein, und die zehn Prozent, die sich für Literatur, für wirkliche Literatur interessieren, die sich ein Leben ohne Lesen nicht vorstellen können, die werden weiterhin auf ihre Kosten kommen.

THIERRY CHERVEL

Ich möchte widersprechen! Sie können nicht sagen: »Wir sind halt minoritär und wir schreiben für die *happy few*, damit müssen wir uns abfinden«. Sie dürfen sich damit nicht abfinden, weil Sie damit dann sagen: »Ja, wir schreiben für die *happy few* und ihr bezahlt uns mit sieben Milliarden Euro Gebühren im Jahr. Oder wir schreiben für die *happy few* und der Rest der Zeitung wird uns schon finanzieren!« Das wird nicht gutgehen. Natürlich ist man minoritär, aber man muß bei den führenden Stellen in diesen Organen, in denen man arbeitet, schon seine Relevanz begründen. Die müssen das irgendwie auch wichtig finden, denn nur so ermöglichen Sie auch, daß eine Literaturkritik in diesen Institutionen weiter besteht, obwohl sie nicht direkt zu den Einnahmen dieser Organisationen beiträgt. Bei den Rundfunkanstalten ist das natürlich ein bißchen was anderes, weil ich finde, es ist ihre verdammte Pflicht, wenn wir sie mit sieben Milliarden Euro bezahlen, daß sie da auch eine Relevanz herstellen. Ich glaube, es gibt im Moment – und das hat auch diese Diskussion gezeigt – eine sehr spannende Unklarheit des Ortes der literarischen Öffentlichkeit. Die Feuilletons spielen eine ganz wesentliche Rolle und sie haben Qualitäten, auf die man auf keinen Fall verzichten darf. Man muß aber auch sehen, daß sie neue Formen suchen müssen, das zeigt die »Literarische Welt«, das zeigt auch »Literaturen«. Daß diese Zeitschrift in den Buchhandlungen neben der Kasse liegt, ist unheimlich wichtig. Und gleichzeitig verschiebt sich die literarische Öffentlichkeit noch in ganz anderen Bereichen, einfach durch technologische Entwicklungen, und hier ist das Internet die wichtigste Entwicklung gewesen. Literarische Öffentlichkeit findet eben auch bei »Amazon« statt, vielleicht auf eine Weise, die uns nicht gefällt oder die wir nicht mögen, aber es ist einfach so. Und es ist extrem relevant, denn »Amazon« repräsentiert allein fünf Prozent des Marktes, das heißt fünf Prozent des Marktes, die vielleicht in den uns eher verwandten Sortimentsbuchhandlungen vorher stattfanden, keine Ahnung. Und es ist auch so, daß literarische Öffentlichkeit heute durch »Google« stattfindet: Wenn ich Béla Balázs lese und das grandios finde, dann gebe ich den Namen bei»Google« ein und ich finde heutzutage keine Zeitung, weil die Zeitungen eben mit »Google« nicht funktionieren, ich finde auch den Arsenal Verlag nicht, weil der Arsenal Verlag noch keine Internetadresse hat. Wem überlassen wir diese Art der Information also? Wir finden die Seite von »Amazon«, wo eben dieser Balázs verkauft wird, wir finden eine Seite von anderen, wir finden vielleicht eine Seite vom »Perlentaucher« und das war es. Aber die Hälfte der Bevölkerung ist im Internet, »Google« wird zu achtzig Prozent für Suchabfragen genutzt, das sind einfach Dinge, über die wir auch nachdenken müssen. Ich glaube, wir leben in einem ganz dramatischen Moment einer Veränderung. Ich glaube nicht, daß das Bedürfnis nach Literatur verschwindet, das zeigt Elke Heidenreich, das ist vielleicht gerade auch ein bißchen das Unheimliche an Elke Heidenreich, daß sie nämlich gerade Béla Balázs hochhalten könnte, also ein Buch, das es wirklich verdient, Aufmacher in einem Feuilleton zu sein, und sie es schafft, es 100.000 Mal zu verkaufen. Die Feuilletons schaffen das nicht. Und dieser Impetus, der muß einfach zurückkehren in die Zeitungen, auch wenn man diese Hunderttausend nicht erreicht als Zeitung.

FRAUKE MEYER-GOSAU
Ich bedanke mich sehr bei allen, vor allen Dingen dafür, daß Sie in der Klage nicht verharrt haben. Ich finde, daß dieser Umschichtungsprozeß, der uns bevorsteht, einen eigentlich gar nicht in Kümmernis stürzt, sondern eher mit Interesse und eigenem Engagement erneut auflädt, bevor man sich wieder an seinen Arbeitsplatz begibt. Was wir jetzt tun werden! Ich danke Ihnen allen.

Bibliografische Information Der Deutschen Bibliothek
Die Deutsche Bibliothek verzeichnet diese Publikation in der Deutschen Nationalbibliografie; detaillierte bibliografische Daten sind im Internet über http://dnb.ddb.de abrufbar.

© Wallstein Verlag, Göttingen 2005
Sonderausgabe 2006
www.wallstein-verlag.de
Vom Verlag gesetzt aus der Stempel Garamond
Umschlagvignette: Thomas Müller
Druck: Hubert & Co, Göttingen

ISBN-13 978-3-8353-0101-6
ISBN-10 3-8353-0101-2

Mitglieder der
Deutschen Literaturkonferenz e.V.

AG Literaturräte der Bundesrepublik
Arbeitsgemeinschaft Literarischer Gesellschaften und Gedenkstätten e.V.
Bibliothek und Information Deutschland (BID) –
Börsenverein des Deutschen Buchhandels e.V.
Borromäusverein e.V.
BücherFrauen e.V.
Bundesverband der Friedrich-Bödecker-Kreise e.V.
Bundesvereinigung Deutscher Bibliotheks- und Informationsverbände
Deutsche Akademie für Sprache und Dichtung e.V.
Deutscher Literaturfonds e.V.
Deutscher Übersetzerfonds e.V.
Deutscher Verband Evangelischer Büchereien e.V.
Freier Deutscher Autorenverband
Literarisches Colloquium Berlin e.V.
Mediengemeinschaft für blinde und sehbehinderte Menschen
P.E.N.-Zentrum Deutschland
Sankt Michaelsbund
Stiftung Frauen-Literatur-Forschung e.V.
Stiftung Lesen
Verband der Freien Lektorinnen und Lektoren e.V.
Verband Deutscher Bühnen- und Medienverlage e.V.
Verband deutschsprachiger Übersetzer literarischer und wissenschaftlicher Werke e.V. (VdÜ)
VG WORT
Verband deutscher Schriftsteller in ver.di

Deutsche Literaturkonferenz e.V.
Köthener Str. 44, 10963 Berlin
Tel: (030) 26 12 751, Fax: (030) 23 00 36 29
http://literaturkonferenz.de

WALLSTEIN VERLAG

Jörg Albrecht
Drei Herzen
Roman
240 S., geb., Schutzumschlag

Ralf Bönt
Berliner Stille
Erzählungen
156 S., geb., Schutzumschlag

Lucette ter Borg
Das Geschenk aus Berlin
Roman
280 S., geb., Schutzumschlag

Daniela Danz
Türmer
Roman
160 S., geb., Schutzumschlag

Ruth Klüger
Gelesene Wirklichkeit
Fakten und Fiktionen in der Literatur
222 S., geb., Schutzumschlag

Krise des Lektorats?
hrsg. von Gunther Nickel im Auftrag
der Deutschen Literaturkonferenz
125 S., brosch.

Fred Wander
Das gute Leben oder Von der Fröhlichkeit im Schrecken
Erinnerungen
400 S., geb., Schutzumschlag

Kai Weyand
Am Dienstag stürzen die Neubauten ein
Erzählungen
120 S., geb., Schutzumschlag